BUR
rizzoli

Aldo Pecora

PRIMO SANGUE

BUR rizzoli

FUTUROPASSATO

ISBN 978-88-17-04389-2

Prima edizione BUR Futuropassato dicembre 2010

A chi si indigna.
A chi ancora crede che vivere onestamente sia utile.

Ma dove sta la verità? È come una rocca
situata in cima a un monte e l'uomo non ha ali
per raggiungerla. Egli non può che aprirsi
la strada a fatica, su per le pareti, e spesso
si smarrisce e spesso si insanguina le mani.
Ciò che lo guida, ciò che lo conforta
e lo sorregge è la bellezza di quella meta
che gli risplende da lontano.

ANTONINO SCOPELLITI

Prefazione

di Rosanna Scopelliti

Ho scritto e riscritto mille volte queste pagine. Le ho rilette, odiate, cancellate.

Sono passati quasi vent'anni dall'assassinio di mio padre. Vent'anni durante i quali ho imparato a prendere atto della mia storia, ad accettare il mio cognome, a raccontare chi sono. Ma ancora oggi, dopo tutto questo tempo, ho ancora difficoltà a rivivere e condividere la sua figura senza provare troppo dolore.

Ricordo che qualche anno fa – quando, grazie alla determinazione dei ragazzi di Ammazzateci tutti, finalmente siamo riusciti a far riemergere il caso del delitto di mio padre – venni contattata da alcuni giornalisti e case editrici che mi proponevano con insistenza la redazione di un libro sulla sua storia. Ma ogni volta che immaginavo di dialogare con qualcuno di avvenimenti ed emozioni così private, anche in una semplice intervista, sentivo nel profondo del cuore nascere un nodo talmente grande da impedirmi letteralmente di respirare. Per quanto dal giorno dell'assassinio di papà il tempo fosse trascorso impietoso, era lampante che ancora, nonostante tutto, non ero riuscita a superare il trauma della sua morte.

Nell'agosto del 2007, però, Aldo Pecora, che avevo conosciuto due anni prima per un incredibile scherzo del destino, capendo che mai e poi mai sarei riuscita ad affrontare in prima persona la stesura di un libro su papà, avanzò con molto tatto la proposta di impegnarsi a scriverlo lui.

Raccontando la vita del giudice Scopelliti, l'iter processuale seguìto al suo assassinio e le zone d'ombra che lo contraddistinsero, Aldo voleva ricordarne la figura e ricostruirne la memoria.

La mia prima reazione a quella proposta fu un «distaccato assenso» verso ciò che sembrava essere un ultimo disperato tentativo di sensibilizzare il Paese intero riguardo l'ormai dimenticato caso Scopelliti. E se da un lato capivo e condividevo l'importanza di quel lavoro, il pensiero opprimente e ricorrente di dover rivivere e analizzare ciò che per anni avevo voluto seppellire nel più profondo cassetto dei ricordi mi terrorizzava a morte.

Eppure era trascorso già diverso tempo da quando, sempre grazie alle parole di Aldo, avevo scelto di riappropriarmi del mio cognome e della memoria di papà impegnandomi, anche se con molta timidezza, insieme ai ragazzi di Ammazzateci tutti in una lotta di civiltà per la liberazione della nostra Calabria dal giogo della 'ndrangheta e delle molteplici consorterie che la attanagliano.

In un attimo la mia mente ripercorse velocemente quei periodi passati tra manifestazioni, interviste, convegni e assemblee nelle scuole. Pensai a quanto fosse stato difficile per me imparare a rendere partecipe la gente dei ricordi che mi legavano a papà: i momenti preziosi e felici vissuti insieme, il dolore per la sua morte, la rabbia e la delusione per l'esito dei processi, la rassegnazione per il silenzio seguìto al suo assassinio, la solitudine e la malinconia che hanno accompagnato i miei giorni da quando ero solo una bambina che amava guardare il mondo da sopra le sue spalle fino a oggi, che di anni ne ho un po' di più, ma che tante e tante volte vorrei ancora rifugiarmi tra le sue braccia e riuscire a colmare quel vuoto che individui senza onore e dignità hanno scavato nelle nostre vite.

Quanto dolore, quanta tristezza, quanta solitudine

abbiamo vissuto io e mamma: sempre con la sensazione di essere noi «quelle sbagliate», di essere noi a doverci nascondere, di essere noi a dover elemosinare verità e giustizia a uno Stato che, nel giro di pochi anni, non solo aveva archiviato la figura del giudice Scopelliti, ma aveva anche assistito in silenzio all'assoluzione in Cassazione, nel 2004, dei mandanti del delitto.

Quanta rabbia quando la voce di una centralinista del servizio necrologi di un noto giornale rifiutò di trascrivere sull'annuncio per la commemorazione annuale del sacrificio di papà nella basilica di Santa Maria degli Angeli di Roma che il sostituto procuratore generale Antonino Scopelliti era stato «barbaramente ucciso dalla mafia». «Forse "barbaramente" è un po' forte come termine?» sentii chiedere timidamente da mamma.

«No, no. È "ucciso dalla mafia" che non è corretto» tagliò corto la ragazza. Era l'agosto del 2005.

Quanta amarezza ogni volta che andavano in onda gli speciali sulle mafie in televisione: si parlava sempre delle stragi di Capaci e di via D'Amelio ignorando ciò che era avvenuto prima del 1992, dall'assassinio di mio padre a quello di altri magistrati a oggi completamente dimenticati.

Eravamo sole, io e mamma. Siamo sempre state sole col nostro dolore. E insieme a noi era rimasto solo anche papà: il suo esempio disperso, il suo sacrificio vanificato dall'oblio. E a poco era valso in quel periodo l'isolato, ma affettuoso e paterno, sostegno di Antonino Caponnetto, «nonno Nino» come amava farsi chiamare, amico di papà e padre del pool antimafia di Palermo dopo la morte del dottor Rocco Chinnici. I suoi tentativi di spronare i colleghi e i calabresi a non abbandonarci sono rimasti inascoltati per tanto tempo. Il suo calore e la sua disponibilità però restano tra i pochi ricordi sereni degli anni che hanno seguito la morte di papà.

Capii che il libro andava fatto. Che era necessario.

Del resto, come accennavo prima, non era la prima volta che Aldo Pecora, con la sua straordinaria irruenza e la sua testardaggine tipicamente calabrese, mi aveva convinta a buttare il cuore oltre l'ostacolo e a fare la scelta giusta. Cominciai a crederci, a credere che qualcosa finalmente sarebbe potuto cambiare, e gli affidai quelle tessere – parti di un mosaico per troppo tempo lasciato incompleto – accumulate e custodite gelosamente negli anni, fatte di ritagli di giornale, carte processuali, appunti, ricordi, immagini, parole.

Cominciai a crederci, e affidai ad Aldo tutto ciò che mi restava di papà.

Nei giorni successivi l'assassinio di mio padre fu nonno Serafino che per primo organizzò sul tavolo del soggiorno una vera e propria rassegna stampa. Io, anche se molto piccola, lo aiutavo a collezionare, ritagliare e mettere da parte il materiale, quasi come se si trattasse di notizie che non riguardavano me e la mia famiglia. Del resto vedevo mamma sconvolta, chiusa in camera da letto, percepivo con disagio il dolore che impregnava senza pietà l'aria che respiravamo.

Dopo i primi tempi da apprendista, fui io quella designata a continuare il lavoro iniziato dal nonno e, ogni volta che leggevo un titolo che riguardava papà, lo isolavo stando ben attenta, però, a non leggere il contenuto dell'articolo. Tuttora, che di anni ne sono trascorsi parecchi, fatico a soffermarmi su quelle pagine, a guardare le fotografie del funerale o della bara che custodiva il suo corpo e non so spiegare se sia per semplice pigrizia o per un rifiuto categorico del fatto in sé. Un lutto elaborato solo superficialmente, per capirci. Una ferita sempre aperta, per essere sincera con chi legge.

Una volta rientrata a Roma e terminato il trasloco che con mamma avevamo iniziato qualche mese prima che uccidessero papà, sistemammo le buste contenenti gli articoli in un largo scomparto della cartelliera nello studio di nonno insieme a tutto ciò che, dal punto di vista lavorativo, riguardava la carriera di papà. Gli articoli rimasero in quello scaffale, accresciuti sempre con meno frequenza dalle notizie che giungevano dagli esiti dei diversi gradi del processo, fino a rimanere praticamente intatti per anni.

Solo qualche volta, presa dalla voglia di sentire papà vicino, mi avventuravo tra quei fogli e trafiletti impolverati nel vano tentativo di trovare, come per incanto, un filo conduttore che mi portasse a capire cosa era successo il 9 agosto del 1991, e perché. Demordevo però quasi subito dalle mie indagini private: leggere quelle carte era costringersi ad accettare una realtà ancora troppo difficile.

Ho sempre rifuggito tutto ciò che riguardava l'omicidio di papà, da un lato perché era prova inequivocabile della sua morte dall'altro perché non ho mai avuto grande dimestichezza con gli incartamenti giudiziari. Diversamente da lui, la mia scelta per gli studi è ricaduta sul mondo umanistico, sulle lingue e letterature romanze, con particolare passione per la filologia: leggere, interpretare, sognare con le parole di Jaufré Rudel, Bernartz de Ventadorn, Arnaut Daniel.

Quando Aldo si propose di leggere e tradurmi gli incartamenti che riguardavano il processo e di fare ricerche incrociate sui diversi spunti che la lettura dei documenti offriva, cominciai a muovere i primi passi in quella terra straniera.

Così, sempre con molta delicatezza, Aldo iniziò a raccontarmi quello che via via scopriva e, come in un gigantesco puzzle, le tessere iniziavano a trovare la loro collocazione. Univamo ciò che si deduceva dalle carte e dalle ricerche ai miei ricordi e a quelli della mamma, ma anche al testo di riferimento di Antonio Prestifilippo.[1] In-

---

[1] Antonio Prestifilippo, *Morte di un giudice solo*, Città del Sole, Reggio Calabria 2008.

somma quel marasma di ritagli di giornale, carte, appunti – rimasti chiusi per anni nella cartelliera dello studio di nonno – stavano via via trovando un ordine logico all'interno di quel disegno sconvolgente che era, e purtroppo è ancora, il delitto Scopelliti.

«Ma tu lo sai» mi chiedeva Aldo per telefono con voce concitata e senza nemmeno salutare «che il primo sciopero i pentiti lo hanno fatto durante il processo per il giudice? Ti rendi conto?»

Avrei voluto rispondergli che in tanti anni di cose strane riguardanti il caso di papà ne avevo viste e sentite parecchie, ma sorvolai. Non volevo contagiarlo con la mia rassegnazione.

«E poi, ti pare normale che lo abbiano chiuso tra quattro tavole di legno nel giro di nemmeno ventiquattro ore?»

No. Non mi sembrava affatto normale. Niente era normale in tutta la vicenda: i fratelli Garonfolo, che pare si fossero fatti latori della notizia della morte presso la sua casa natale, le «vestali» che si prodigavano affinché attorno a papà si instaurasse un clima di ovattato silenzio col timore che, se ci fosse stato troppo scalpore, il morto si sarebbe potuto svegliare...

«Ma la sai la storia di Lauro?» continuava a incalzarmi Aldo. «Eh, la sai?»

«No, non la so» rispondevo esausta. Lui, senza nemmeno ascoltarmi, era già nel mezzo del racconto.

Per quanto la mia stoica rassegnazione mi costringesse a mantenere la calma, tutte quelle informazioni mi stavano facendo perdere il controllo.

Vedevo papà chiuso in quella bara, lontano ormai dalla vita, i pentiti che invece di raccontare quello che sapevano si chiudevano in un forzato silenzio per avere la garanzia della sicurezza propria e dei loro famigliari. Immaginavo Giacomo Lauro, boss della 'ndrangheta e collaboratore di giustizia, che veniva a conoscenza del ritiro delle agevolazioni offerte per il suo status perché accusato di truffa.

E poi scorrevano nella memoria le immagini di tutte le puntate di *Mixer*, di *Samarcanda* e di altri programmi, che avevano accarezzato il caso di papà limitandosi nella migliore delle ipotesi a citarlo di sfuggita.

Mi tornava alla mente il volto amareggiato del procuratore Salvatore Boemi, sempre presente con discrezione alle iniziative e alle commemorazioni di papà. Buono quanto può sembrare burbero a prima vista e che ancora oggi, nonostante gli anni trascorsi, mi osserva con gli occhi velati di tristezza quando si tratta di aprire il capitolo «processo».

Giorno dopo giorno, dunque, le indagini di Aldo non solo contribuivano ad aprirmi un mondo attorno alla morte di papà, ma mi costringevano a pensare così tanto spesso a lui da cominciare a sentirlo vicino come non mi era mai successo.

La vicinanza al suo universo e al suo lavoro mi faceva bene e la rabbia che provavo ogni volta che Aldo mi aggiornava sulle incongruenze del caso mi spingeva a volerne sapere sempre di più e a pretendere, con determinazione sempre maggiore, che questa storia uscisse dal raggio di interesse degli addetti ai lavori e raggiungesse il Paese intero.

Questo libro, infatti, è rivolto soprattutto ai giovani e a tutti quelli che di mafia sanno poco ma non sono indifferenti. È un'opera molto curata, che racconta con un linguaggio semplice e lineare non solo la storia del delitto Scopelliti, ma anche lo scenario in cui lui ha vissuto e lavorato, i processi da lui seguiti in prima persona, le mafie degli anni Ottanta e Novanta e i nuovi scenari che, a distanza di vent'anni, potrebbero contribuire a completare quel puzzle che ancora oggi non si è riusciti a ricomporre.

E posso assicurare che, sfogliando le pagine di questa

storia, spesso sono stata la prima a rimanere colpita per quanto, in alcuni punti, l'inchiesta sfiorasse il romanzo.

Eventi inaspettati, personaggi dalle mille sfaccettature, interventi di magistrati autorevoli ruotano intorno a una figura che pian piano prende forma e spessore, fino ad apparirci nella sua interezza proprio nel momento in cui anche il lettore che avrà imparato ad amarla sarà costretto ad abbandonarla, provando indignazione e rabbia.

Indignazione e rabbia per un'anima costretta a rimanere imprigionata in un limbo di intrighi, parole non dette e verità mai svelate. Un'anima la cui memoria appartiene al Paese intero e alla quale, a distanza di anni, non sono ancora state restituite verità e giustizia.

Ma forse papà la pace l'ha raggiunta nel momento in cui gli spari lo hanno portato via da chi lo amava, e oggi a vagare alla ricerca disperata di verità e giustizia siamo rimasti solo noi.

Noi cittadini di un Paese che ha scelto da che parte stare, noi che abbiamo finito le lacrime, ma che non riusciamo a nascondere l'indignazione. Noi che vorremmo che al giudice Antonino Scopelliti fosse garantito solo ciò che lo ha portato alla morte: la Giustizia.

Dal momento in cui appresi dalla televisione che papà era stato ucciso mentre rientrava dal mare a Campo Calabro, realizzai che ad abbandonarmi non sarebbe stato soltanto lui, ma anche la mamma: la mamma che avevo conosciuto fino ad allora. Da quel giorno, infatti, non ho più rivisto sul suo volto un sorriso aperto, la serenità che provava accanto a papà o l'ingenua spensieratezza nel giocare con me. Era spenta, e agiva per inerzia continuando a telefonare a papà e lasciando squillare il telefono a vuoto per minuti interminabili, sperando di riuscire a sentire la sua voce almeno per un ultimo istante.
Entrambe facemmo finta che nulla fosse accaduto. Io mi ostinavo a ripetere che l'uomo di cui avevano annunciato l'assassinio era «basso e grasso» e non c'entrava nulla con papà, e lei non mi contraddiceva.
Un pomeriggio, passeggiando per il corso di Reggio Calabria, ci trovammo davanti alla vetrina di un negozio d'abbigliamento e, come sempre, ci fermammo a guardare pensando agli uomini della nostra famiglia: papà e nonno. «Quel maglione giallo starebbe molto bene a papà, non trovi?» chiese mamma con apparente indifferenza. Io le risposi che dove si trovava papà non usavano i maglioni. Avevo una visione molto classica di Paradiso: immaginavo i morti passeggiare per i viali alberati vestiti con comode tonache bianche.
Da quel momento l'argomento della morte di mio padre fu chiuso. Mamma aveva capito: sapevo, avevo accettato. E non ne volevo parlare.

Primo sangue

9 agosto 1991. Sono da poco passate le 17 e il giudice raccoglie frettolosamente il telo mare, i jeans e la camicia color fragola. Chiude l'ombrellone e risale le ripide e precarie scalette che dal lido portano alla strada, fino alla macchina.

Come ogni estate Antonino Scopelliti trascorre le ferie dai genitori, a Campo Calabro.

È un tipo abitudinario: sempre gli stessi orari, sempre gli stessi posti, sempre le stesse strade. Senza scorta, però: la ritiene «uno status symbol». Lampeggianti blu, auto blindate i cui vetri non si fanno attraversare neanche dalla luce del sole, giubbe antiproiettile... con o senza, chi vuole colpire, secondo il magistrato, può farlo comunque, dovunque e in qualunque momento. E poi, come ripete spesso ai suoi, «qui sono in una botte di ferro». Una botte di ferro: l'affetto di tutti i suoi concittadini, ai quali, dicono le voci, unanimi, per anni non aveva fatto mancare ascolto e aiuto, «facendo del bene a tutti». Lo confermano ormai anche le pietre del posto, che raccontano di pellegrinaggi di campesi ricevuti nello studio in casa dei suoi, chi per un consiglio, chi per un parere in questo o in quel contenzioso legale, chi per quelle richieste di «raccomandazione» che Nino definisce «atti di giustizia». In una terra dove è difficile distinguere un dovere e un diritto da un favore e dove la gente è costretta a vivere in un eterno stato di emergenza e di bisogno, il giudice era diventato presto l'unico punto di riferimento. Sapevano anche quale era il suo indirizzo di casa a Roma, ed era difficile che si facessero scrupolo di raggiungerlo anche lì. Tant'è che spesso il magistrato si sfogava: «Basta! È diventata una cosa impossibile... Non si può vivere con tutte queste pressioni».

Il giudice è solo. Si trova sulla statale 18, meglio nota da queste parti come «la Nazionale», una delle più vecchie strisce d'asfalto del Paese, che collega Napoli con Reggio Calabria lungo la costa tirrenica e le alture che separano un pezzo di civiltà dall'altro. Più avanti, poco dopo Ferrito, piccola frazione di Villa San Giovanni, vi si innesta un'altra stradina che porta a Campo Calabro, passando per una seconda piccola frazione: Piale. È lo stesso tratto che percorre ogni pomeriggio di rientro dal mare. Una scorciatoia sconosciuta ai più e praticata principalmente dai pochi residenti della zona.

Intanto dal mangianastri suona in stereofonia una musicassetta di Ornella Vanoni, e Nino prosegue la sua marcia verso casa.

Ma i suoi sicari sono già appostati ad attenderlo. Lo individuano, proprio nei pressi del piccolo cimitero di Cannitello, in località Campo Piale: è lui. Dieci metri, un sottopassaggio. Quindici, una curva. Accelerano. Lo affiancano. Parte il primo colpo, che infrange il finestrino dell'auto. Poi il secondo, in rapida successione. Basta il primo, sferrato alla tempia a una distanza di alcuni metri, a ucciderlo.

Un commando composto forse da due uomini, probabilmente in moto, uno dei quali armato di fucile. Un fucile a canne mozze, caricato a pallettoni.

L'auto del giudice, colpito a morte, continua la sua corsa per altri quindici, venti metri, poi sfonda una cancellata e precipita in uno strapiombo.

La caduta del veicolo è talmente forte da rompere persino il rumore del traffico autostradale in direzione nord e attirare l'attenzione di un lavoratore della stazione di rifornimento Agip che si trova qualche decina di metri sotto il luogo del delitto.

Questi, convinto si tratti di un incidente allerta il 113. Sono le 17.25.

Strada poco trafficata, appostamento, moto, fucile. Solo due colpi esplosi. E a distanza ravvicinata, per evitare di lasciare indizi utili alle indagini.

È il tipico agguato dei sicari della 'ndrangheta. Un'esecuzione pulita. Delitto perfetto.

Quando, dopo diversi mesi dalla morte di papà, trovammo la forza di rientrare a casa, in via della Scrofa, ricordo di aver sentito come mai prima il suo profumo in ogni cosa.
Papà odorava di sigarette, caffè e dopobarba. Sempre. Dalla mattina alla tarda notte quando, tra una pausa dal lavoro e un toast al formaggio, si avvicinava al mio letto per sincerarsi che stessi dormendo.
Quella sera però la piccola casa del centro che profumava di papà era tristemente e inesorabilmente vuota. Mi aggiravo stordita per il soppalco che ospitava il suo studiolo, guardavo la sua scrivania, la macchia di caffè sul verde del portadocumenti, il grande cane di peluche appoggiato sul divanetto di stoffa. Non era cambiato nulla dall'ultima volta che ero stata lì. Eppure tutto era così privo di senso.
Gli innumerevoli quadri che ricoprivano ogni millimetro delle pareti mi sembravano sconosciuti, i paesaggi ritratti distanti, i soggetti immortalati nemici. E poi c'era il dipinto di un uomo accasciato a terra. Nella mia mente immaginai la sua mano tesa in cerca di aiuto e pensai agli ultimi attimi di vita di papà. Il suo corpo imprigionato nell'abitacolo della Bmw, le lamiere distorte dall'impatto, il sangue che colorava la tappezzeria candida. Cosa mai avrà pensato incontrando la morte?

Cronaca di una morte annunciata

Il sole d'agosto sembra faccia sudare anche i crinali dell'Aspromonte che precipitano direttamente in mare, qui, sulla costa viola. La chiamano così da millenni, per il colore dei suoi fondali. «Ogni cosa si tinge con le diverse tonalità del colore viola, dando vita ogni sera, con i suoi spettacolari riflessi, a una visione sempre nuova» scriveva Platone già nel IV secolo avanti Cristo.

L'aria è ferma. Una cappa afosa soffoca quasi il respiro.

Sulla costiera squarciata dalla statale 18 i fichi d'india, che come un miracolo della natura fendono la roccia, sono maturi e i bambini li raccolgono nei secchielli, tra un tuffo e l'altro.

È il 9 agosto del 1991. È da poco passato mezzogiorno, quando un urlo violento scuote i bagnanti del lido Il Gabbiano: «Andate via, correte a riva! È per me, è una bomba!».

Antonino Scopelliti, conosciuto come una persona discreta, tranquilla, per niente allarmista, non contiene più la paura.

Ultimamente, raccontano, è più teso di una corda di violino. La sua preoccupazione e la sua amarezza sono già emerse in diversi frangenti, in episodi che lasciano trasparire un'ansia sempre più acuta, sempre meno controllabile.

Alla fine di luglio, a Roma, esorcizzava il timore con una battuta e un sorriso. A chi gli chiedeva: «Adesso tra quanto la cambierai questa macchina?» (una nuovissima Bmw 318 color blu notte, consegnatagli in concessionario il 20 luglio), rispondeva: «Cambiarla? Io in questa macchina ci muoio».

Qualche giorno più tardi, intorno ai primi di agosto, non faceva mistero del suo stato d'animo, confidando ad alcuni amici i suoi timori per il maxiprocesso che, come vedremo, aveva capito essere la sua condanna a morte. «È un'apocalisse» ripeteva.

Il pomeriggio del 7 agosto, mentre rientrava dal mare, credette di essere pedinato. Sbanda, zigzaga, accelera e rallenta la corsa volutamente, diverse volte. Si tranquillizza, e riprende una guida regolare solo nel momento in cui identifica l'uomo al volante dell'auto dietro di lui: è Angelo Calveri, un conoscente, che preoccupato continua a seguirlo proprio perché crede che quello strano modo di guidare sia dovuto a un malore.

Quella stessa sera, volle sentire d'urgenza Rosanna, che si trovava in vacanza con la mamma e i nonni. Le fece delle bizzarre raccomandazioni, del tipo «mangia tanta tanta cioccolata», «fatti crescere i capelli», «promettimi che farai la brava».

Alla moglie Anna Maria, che nella stessa conversazione chiese spiegazioni circa il suo evidente stato di tensione emotiva, parlò di «cose grosse, grossissime».

E poi quella mattina, due giorni più tardi. Quel grido, «andate via, è una bomba», lanciato con disperazione tra gli scogli. Fortunatamente è solo un sacchetto di plastica, immondizia forse lasciata da uno scafo da poco passato di lì. Ma la memoria di Nino, forse, corre al fallito attentato dell'Addaura contro il collega Falcone, quando il 20 giugno del 1989 erano pronti a esplodere ben trentotto candelotti di dinamite non appena questi si fosse calato in acqua per un bagno, lì nella spiaggetta della villa presa in affitto dal giudice palermitano per le ferie estive.

Per la prima volta, con quell'urlo, Scopelliti condivide apertamente il suo stato d'animo con tutti i bagnanti.

Poche ore più tardi verrà ucciso

Papà non parlava spesso di ciò a cui stava lavorando. A volte si lamentava con la mamma per la mole delle cose da fare e per i mezzi che scarseggiavano. Ogni tanto si lasciava sfuggire qualche commento sulle «beghe del Palazzaccio» o sull'ennesima sentenza ammazzata dal signor Carnevale, ma era sempre contenuto nei racconti e nei giudizi. La cosa più dura che gli ho sentito dire è stata: «Certi fatti sono come una forchettata sui denti». Niente di più.
Lo ricordo contrariato a volte quando rientrava dalle brevi ferie trascorse in Calabria: «Non c'è più pace! Troppe pressioni, troppi incontri...». Si riferiva forse agli appuntamenti che a Campo Calabro organizzavano per lui la madre e la sorella. Papà raccontava di vere e proprie processioni di amici e conoscenti verso la sua casa paterna. Lui parlava con tutti, cercava di assecondare le loro richieste e di dar loro dei consigli. Ma dopo anni e anni di questa vita cominciava a essere stanco.

Il fiore di Campo

A Campo Calabro e dintorni le imponenti rocce, segnate da secoli di storia e dai bombardamenti della Seconda guerra mondiale, fanno scudo a lunghe distese di terra accarezzate dalle brezze dello stretto di Messina, agli ulivi secolari e alle viti un tempo rinomate per la produzione del vino da taglio. Dicono che da cento litri di vino di queste parti se ne potessero «tagliare» addirittura altri trecento e forse di più.

Al centro del paese vive una famiglia generosa e disponibile con chiunque. Il padre, don Micuzzu Scopelliti, possiede un modesto appezzamento agricolo ed è stato il primo «imprenditore» a portare a Campo Calabro le moderne macchine per la spremitura e la produzione dell'olio d'oliva.

Antonino, dopo Rosa e Francesco, è l'ultimo di tre figli. In pochi anni si rivela il più brillante, preparato e ambizioso giovane del circondario.

Nino, oltre che per lo studio, coltiva altre due grandi passioni: il calcio (è stato anche terzino della Reggina) e i motori. Molti amici ricordano ancora un incidente terribile, quando il giovane Scopelliti se l'era vista davvero brutta battendo violentemente la testa dopo esser volato dalla sua moto. «*Ma si sapi ca' Ninuzzu avi 'a testa chiù dura da' petra*», si sa che Ninuzzo ha la testa più dura della pietra.

Con in tasca un diploma con ottimi voti al liceo classico di Reggio Calabria e una laurea con 110 e lode conseguita appena ventiduenne a Messina, tenta il concorso in magistratura, superandolo senza problemi al primo tentativo: a ventiquattro anni è uno dei più giovani e promettenti magistrati d'Italia.

E già a inizio di carriera Nino capisce di possedere particolare attitudine per le funzioni di pubblico ministero, ruolo che riveste con determinazione, sacrificio e senza alcun timore fino al suo trasferimento a Roma.

Non teme di esporsi, in prima linea, durante gli anni di piombo nelle Procure di Bergamo e Milano, dove ha modo di farsi notare sostenendo la pubblica accusa nel processo contro la nota banda Cavallero.

Da queste parti è per tutti «il bello della procura», sarà per quei capelli neri a media lunghezza e per quegli occhi che sanno di buono. Ma è soprattutto un inquirente fuori dal comune, conosciuto per avere anche coi difensori degli imputati dei rapporti superlativi. «Una gran signorilità che si nutre di un'enorme cultura, di rispetto per gli imputati e al tempo stesso del distacco di chi deve applicare la legge» racconta l'avvocato Mario Daniele.[1]

Prima di entrare in procura dalla porta principale, a Milano un giovanissimo Scopelliti si era guadagnato, già nei primi anni Sessanta, la fama di «pretore d'assalto» in occasione dell'indagine sull'inquinamento del fiume Olona, quando non aveva indugiato a far mettere sotto sequestro oltre duecento industrie che risultavano sprovviste di quei depuratori che la normativa ambientale già prescriveva, e bloccando la produzione dell'hinterland milanese fino a quando tutte le aziende non avrebbero provvisto a dotarsi dei depuratori. Da lì lascerà la pretura con una delle sue solite battute: «Almeno il fiume Olona da oggi puzzerà di meno».

Ed è sempre a Milano che dal 1967 il trentenne Sco-

---

[1] Luigi Ferrarella, *Quel clamoroso caso di coscienza*, «Il Giorno», 11 agosto 1991.

pelliti è il pm del caso Virgilio: il magistrato che, vestendo i panni della pubblica accusa e chiedendo l'assoluzione dell'imputato accusato per l'omicidio del benzinaio Innocenzo Prezzavento in piazzale Lotto, aveva evitato uno dei più clamorosi errori giudiziari del dopoguerra. L'imputato infatti era innocente, e proprio Scopelliti riuscì a provarlo ottenendo l'ammissione a testimone del famoso avvocato Giandomenico Pisapia, il quale era venuto a conoscenza della verità sul delitto.

Sono anni in cui nelle mani di Scopelliti passa mezzo secolo di storia del Paese, la più terribile e buia. Anni segnati dalle paure per il terrorismo stragista e per la rapida espansione della criminalità organizzata anche nel Nord, nuovo centro nevralgico del narcotraffico. E lui, come umile servitore, contribuisce silenziosamente a spannare i vetri di un'Italia in bilico: tra quella prudenza figlia degli ultimi strascichi della guerra fredda e la determinazione del generale Carlo Alberto Dalla Chiesa, con il quale si è trovato più volte a stretto contatto.

Scopelliti è oramai uno dei simboli della primavera giudiziaria italiana. Il coraggio, la bravura e la determinazione saranno il suo primo lasciapassare come consigliere alla sezione penale del Palazzaccio,[2] dove nel 1986, a cinquantun anni, diventa sostituto procuratore generale.

«Il dottor Scopelliti presso tutti gli uffici cui è stato destinato nei suoi ventisette anni della sua vita giudiziaria ha lasciato tracce sicure di un proficuo e costante lavoro per il perfetto raggiungimento dei fini della giustizia, suscitando sempre generale ed incondizionata ammirazione, per l'alto livello della preparazione giuridica, per l'ingegno vivissimo, per l'intuito immediato e sicuro, per la carica di simpatia e il garbo inimitabili.»

---

[2] Il palazzo di giustizia di Roma, sede della Corte suprema di Cassazione.

Queste sono le parole con cui il dottor Carlo Maria Pratis, procuratore generale presso la corte di Cassazione, esprime il suo parere per l'assegnazione di Scopelliti a quell'ufficio.

Parole che sarebbero bastate a qualsiasi magistrato per ambire alla fama e al successo. Qualsiasi magistrato, appunto. Non Antonino Scopelliti, che non è, né aspira a essere, un giudice «mediatico», anzi, si schiera in maniera netta contro quei magistrati che lui stesso definisce, a un convegno organizzato dal settimanale «L'espresso» nel luglio del 1987, «aggrediti dal virus di prima pagina».[3] E di conseguenza sporadiche sono le sue uscite pubbliche se non in occasione di assemblee e convegni di carattere tecnico-giuridico. Preferisce studiare e approfondire le tematiche e i punti deboli del diritto, offrendo la sua penna puntuale e acuta a riviste giuridiche specializzate e in alcuni casi anche a prestigiosi periodici e quotidiani, come «Gli Oratori del Giorno», «L'espresso» e «La Gazzetta del Sud» (su cui aveva una sua rubrica).

Nella stessa occasione afferma: «Noi non amiamo il giudice divo o protagonista che al narcisismo della prima pagina sacrifica – o perlomeno così appare – il silenzioso e discreto esercizio della propria funzione, trasformandosi da inquirente in inquisitore e talvolta cadendo nella trappola del grave e grottesco pettegolezzo della strada o nel sospetto corsivo di un giornale scandalistico. Forse, spersonalizzando l'attività del magistrato, verrebbe sacrificata qualche pagina di rotocalco ma di fronte al fatto di giudicare non troveremmo questo o quel giudice, ma la Legge. Come vuole la Costituzione».[4]

---

[3] Intervento di Antonino Scopelliti al convegno «Quale giustizia, quale informazione» pubblicato su «Gli Oratori del Giorno», luglio 1987.
[4] *Ibidem.*

All'apparenza di carattere riservato e schivo, Nino Scopelliti non abusa mai della sua posizione professionale per prevaricare colleghi e conoscenti. Al contrario, anche quando entra in Cassazione continua a mantenere vive l'umanità e l'umiltà che lo hanno sempre contraddistinto. Persino nel momento in cui il giudice Vittorio Sgroi, chiamandolo alla segreteria della Procura generale, lo designa di fatto suo delfino naturale.

Come uomo di fiducia del procuratore generale, il magistrato calabrese è a più riprese interlocutore privilegiato della Cassazione con gli uffici legislativi del ministero di Grazia e giustizia. Si devono alle sue intuizioni, infatti, numerosi provvedimenti volti a incoraggiare l'utilizzo dei cosiddetti «pentiti» per la risoluzione dei più intricati fatti giudiziari, nonché interventi legislativi straordinari come il cosiddetto decreto «salva-processi» varato dal guardasigilli Giuliano Vassalli nel 1987, per scongiurare scarcerazioni di massa per decine di pericolosi criminali e mafiosi, collaborando addirittura in prima persona per porre rimedio a veri e propri errori giuridici che, se non sanati, avrebbero invalidato interi processi di mafia.

E Nino Scopelliti diviene presto anche il «giudice dei giudici» nella Commissione disciplinare della Cassazione. D'altronde chi più di lui potrebbe decidere sui colleghi deferiti al Csm? È lui stesso ad ammettere: «La toga è la mia seconda pelle». Una toga emblema di una vita di solitudine. Voluta, cercata e realizzata. Antonino Scopelliti è il giudice solo.[5]

È solo quando alla prima sezione penale della Cassazione passano tra le sue mani i fascicoli processuali più complessi. È solo quando veste i panni di pubblico ministero nei più importanti processi dell'Italia della Prima repubblica. È solo quando sostiene l'accusa contro poli-

[5] Così lo definisce Antonio Prestifilippo nel suo libro, *cit.*

tici corrotti, terroristi e mafiosi: dal primo processo Moro all'omicidio del giudice Rocco Chinnici, dai processi per le stragi di piazza Fontana e del *Rapido 904* all'uccisione del capitano Emanuele Basile,[6] dal sequestro dell'*Achille Lauro* ai processi contro la 'ndrangheta dei Piromalli, dei De Stefano, dei Mammoliti, fino a quelli contro la Nuova camorra organizzata. E alla prima sezione penale, presieduta dal giudice Corrado Carnevale, Nino Scopelliti incasserà importanti successi e grandi sconfitte. D'altra parte Carnevale è giudice molto attento alla «forma». Tanto da riuscire a cancellare, rinviare, annullare, smantellare – guadagnandosi l'appellativo di «ammazzasentenze» – più di cinquecento procedimenti giudiziari. Molti dei quali per vizio di forma, appunto.

Febbraio 1981. Processo per l'uccisione del giudice Vittorio Occorsio.

Scopelliti rappresenta la pubblica accusa, Carnevale presiede. La prima sezione annulla l'ergastolo cui era stato condannato Paolo Signorelli.

Novembre 1985. Primo processo per il rapimento e l'uccisione dell'onorevole Aldo Moro e della scorta.

Scopelliti rappresenta la pubblica accusa, Carnevale presiede. Confermate le condanne a trent'anni di reclusione per Valerio Morucci e per Adriana Faranda. Scopelliti aveva chiesto per loro gli ergastoli già inflitti in corte d'Assise, ma la prima sezione ritiene equa la riduzione di pena concessa loro in secondo grado. «In un processo tormentato e sofferto come questo» dice il procuratore generale Scopelliti nella sua requisitoria «non ci sono né vinti né vincitori. Siamo tutti perdenti. Del resto basta leggere le migliaia di pagine del dibattimento: co-

---

[6] Emanuele Basile, capitano dei Carabinieri, è stato assassinato a Monreale il 4 maggio 1980.

me si può esprimere soddisfazione quando si hanno diciassette omicidi e ventidue ergastoli? Per la società civile sono tragiche cifre che costituiscono comunque una sconfitta, un'amara sconfitta.» Il procuratore generale aveva lanciato il suo ultimo appello, prima che la Corte si ritirasse in camera di Consiglio, avvertendo: «Signori, vi chiedo che la sentenza rimanga così com'è. Con gli anni di pena e con gli ergastoli che la corte d'Assise d'Appello ha espresso nel suo verdetto. Perché esso è una risposta giusta alla smania di morte che per tanto tempo ha avuto un solo fine, una sola scienza: la distruzione».

Utile segnalare che il partito della Dc non aveva inteso ricorrere in Cassazione dopo il processo d'Appello: «Siamo sinceri,» ha detto l'avvocato del partito di Andreotti e Cossiga, Giuseppe De Gori «la nostra presenza in Cassazione sarebbe stata pleonastica». Ovvero inutile, superflua.

Febbraio 1987. Processo per l'omicidio del capitano dei Carabinieri Emanuele Basile.

Scopelliti rappresenta la pubblica accusa, Carnevale presiede. La prima sezione annulla gli ergastoli e rinvia in corte d'Assise Armando Bonanno, Vincenzo Puccio e Giuseppe Madonia. Inutile l'opposizione di Scopelliti, che aveva chiesto la conferma degli ergastoli.

Stessa sorte era toccata, nel giugno 1986, ai fratelli Michele e Salvatore Greco nel processo per l'uccisione del giudice istruttore di Palermo Rocco Chinnici, che aveva a sua volta indagato per l'omicidio Basile. Scopelliti rappresenta la pubblica accusa, Carnevale presiede. La prima sezione annulla gli ergastoli e rinvia in Appello a Catania.

Dicembre 1987. Processo per la strage dell'*Italicus.*

Scopelliti rappresenta la pubblica accusa, Carnevale presiede. La prima sezione annulla la sentenza della corte d'Assise d'Appello di Bologna, cancellando gli ergastoli per Mario Tuti e Luciano Franci.

Febbraio 1988. Processo per l'omicidio dell'avvocato Giorgio Ambrosoli.

Scopelliti rappresenta la pubblica accusa, Carnevale presiede. Il sostituto procuratore generale al termine della requisitoria davanti ai giudici della prima sezione penale chiede la conferma dell'ergastolo per Robert Venetucci e un nuovo processo per l'ex legale di Michele Sindona, Rodolfo Guzzi. «Il compito del supremo collegio è molto delicato» ammonisce Scopelliti «ma la premessa da fare è senza meno quella che, almeno per quanto riguarda l'omicidio dell'avvocato Ambrosoli, la sentenza della corte d'Assise d'Appello di Milano del 5 marzo dello scorso anno è ampiamente motivata.» Così viene argomentata la richiesta di rigetto del ricorso dell'unico imputato condannato per l'assassinio del commissario liquidatore della Banca Privata Italiana. Ritenuto l'intermediario tra l'esecutore materiale dell'agguato William Joseph Aricò (morto nel 1984 in un tentativo d'evasione dal carcere dove si trovava in attesa d'estradizione) e Michele Sindona, accusato di essere il mandante dell'omicidio, Venetucci venne condannato al carcere a vita insieme con lo stesso Sindona già in primo grado, nel 1986. In questo caso anche la Cassazione confermerà la condanna.

Ottobre 1988. Processo alla «Mafia delle tre provincie».

La Corte presieduta dal dottor Carnevale annulla per vizio di forma il processo della corte d'Assise di Palmi, cancellando così ben tredici ergastoli e rinviando i centodieci imputati accusati di 'ndrangheta a nuovo giudizio di primo grado.

Nel luglio 1987 in un altro procedimento contro Piromalli e altri componenti della 'ndrangheta della Piana di Gioia Tauro, la Prima sezione penale della Cassazione, presieduta questa volta dal dottor Giuseppe Vella, aveva annullato il giudizio d'Appello, rinviando a nuovo processo. In primo grado erano stati inflitti ai sessantadue imputati ben 1100 anni di carcere e in Appello erano stati assolti in ventidue. Scopelliti, che rappresentava la procura generale, aveva chiesto invece che fosse accolto il ricorso della Procura generale di Reggio Calabria e, quindi, la conferma di tutti gli ergastoli.

Marzo 1989. Nuovo processo contro Paolo Signorelli, per gli omicidi del giudice Mario Amato e del giudice Vittorio Occorsio.

Scopelliti rappresenta la pubblica accusa, Carnevale presiede. La prima sezione cancella due ergastoli.

Dicembre 1990. Processo contro Stefano Delle Chiaie per Avanguardia nazionale.

Scopelliti rappresenta la pubblica accusa, Carnevale presiede. La prima sezione annulla la sentenza di condanna per la ricostituzione del gruppo di estrema destra Avanguardia nazionale.

Febbraio 1991. Processo per lo «scandalo dei petroli».

Una faccenda molto intricata per uno scandalo che aveva sottratto all'erario oltre trecento miliardi di lire e che vedeva coinvolti petrolieri e ufficiali corrotti della Guardia di Finanza, politici e monsignori, e in alcuni frangenti l'ombra inquietante della P2. Grande indiziato è Sereno Freato, ex segretario particolare di Aldo Moro, che in primo grado si era salvato dall'accusa di contrabbando grazie alla prescrizione e in Appello era stato assolto per insufficienza di prove: era uno dei settantasette imputati giunti davanti ai giudici della Corte suprema. Anche qui Scopelliti rappresenta la pubblica accusa, Carnevale presiede. Scopelliti aveva chiesto nei confronti di Freato l'annullamento della sentenza d'Appello e la celebrazione di un nuovo processo, perché secondo il rappresentante della pubblica accusa nelle carte processuali c'erano abbastanza elementi per provarne la colpevolezza, ma la Corte non accoglie la sua richiesta. E conferma l'assoluzione di Freato, assolvendo dall'accusa di contrabbando militare anche il petroliere Bruno Musselli, condannato in Appello a nove anni di carcere per diversi reati, l'ex capo di Stato Maggiore delle Fiamme gialle, Donato Lo Prete, al quale un difetto di estradizione aveva consentito di evitare cinque anni e mezzo degli otto inflittigli dalla corte d'Appello e il petroliere Pietro Chiabotti, titolare della Isomar di Sant'Ambrogio di Susa, l'azienda dalla quale prese le mosse la maxinchiesta sui petroli condotta dal giudice istruttore torinese Mario Vaudano.

Marzo 1991. Processo per la strage del *Rapido 904*.

Diciassette morti e duecentosessantacinque feriti. Questo è il bilancio della strage del Treno di Natale Napoli-Milano del 23 dicembre 1984.

Scopelliti rappresenta la pubblica accusa, Carnevale presiede. Il sostituto procuratore generale chiede la conferma degli ergastoli per il cassiere di Cosa Nostra, Pippo Calò, detto la Salamandra, e il suo braccio destro, Guido Cercola, ritenuti dalla corte d'Appello di Firenze mandanti della strage, e l'annullamento delle assoluzioni dei camorristi Giuseppe Misso, Alfonso Galeota e Giulio Pirazzi che invece, in primo grado, avevano avuto l'ergastolo. «Nei processi di proterva criminalità organizzata come questo» dice il titolare della pubblica accusa nella sua requisitoria «in cui chi giudica è inesorabilmente e malinconicamente di fronte a notizie fornite da soggetti che vivono di soggezione, di omertà e di morte, il problema della valutazione della prova deve impegnare in sommo grado la percezione e la sensibilità del giudice dal momento che la fonte di prove è per un verso a rischio e per un altro verso sempre incompleta.» Poi aggiunge: «Bisogna dare dignità agli indizi, i quali se univoci e concordanti devono essere equiparati alla prova rappresentativa. Sono queste le regole del sistema, violandole si premiano i furbi e il delitto perfetto».

Nonostante il severo ammonimento di Scopelliti, la prima sezione annulla la sentenza d'appello, rinviando tutto a un nuovo processo. E premiando ancora una volta i furbi.

Ho cercato spesso tracce di mio padre negli oggetti che avevano costellato la sua vita. E ogni volta, trovandole, ho sofferto. Poco dopo la sua morte, in quella casa che sembrava immensa senza papà, trovai un libricino nero in pelle di coccodrillo poggiato sul tavolo del soggiorno: era un'agenda. La sfogliai. Appuntamenti, disegnini, nomi in codice. Tutto appuntato con una grafia tanto bella da vedere, quanto difficile da decifrare. Come, oggi, la mia.
Cercai di ricordare se papà avesse mai annotato qualcosa su quell'agenda davanti a me e mi resi conto di non averlo mai visto scrivere altro se non le requisitorie a cui stava lavorando. Appena mi vedeva arrivare, si affrettava ad accatastare il tutto in un angolo della scrivania per giocare con me. In realtà il suo lavoro mi incuriosiva e lo imitavo spesso scarabocchiando sui fogli bianchi che mi metteva tra le mani per disegnare. «Cosa scrivi con tanto impegno?» mi chiese una volta vedendomi intenta a emularlo. «Quello che scrivi tu» risposi.

Biancaneve

Piumetta, l'anatroccolo di Rosanna, corre goffamente per le stanze della casa al civico trentanove di via della Scrofa.

«Ma benedetta creatura... non poteva prendere un gatto o un cane, come tutti i bambini normali?» Nino è seriamente preoccupato per il parquet e per i tappeti, ma è preso anche lui dal gioco. È una persona precisa e ordinata, il giudice. Conosce perfettamente la posizione di ogni oggetto, libro, cuscino di casa. E se vengono spostati di un solo millimetro se ne accorge subito.

E poi, i quadri. Una vera passione. Negli anni ha provveduto lui stesso, martelletto e chiodini, a riempire le grandi pareti di cornici grandi e piccole, su fino al soffitto. Solo qualche centimetro lascia intravedere il bianco del muro. E così in tutte le stanze della casa, persino nelle maioliche del bagno, c'è appoggiata qualche stampa.

Rosanna trascorre le sue giornate principalmente con la madre, Anna Maria, e i nonni materni. È stato deciso di comune accordo di non rendere pubblico il matrimonio e la figlia, nel timore che ci potessero essere ritorsioni: nel corso della sua carriera il giudice si era lasciato alle spalle non pochi nemici.

Persino per il matrimonio con Anna Maria, vissuto da entrambi con estrema prudenza e sacrificio, è stata trovata una soluzione per contrarlo e poi annullarlo, in modo da renderne segreta l'esistenza e vivere quel sentimento nel massimo riserbo.

Sembra incredibile, ma così è stato. Certo doveva essere davvero forte e profondo il legame tra i due per immaginare e – soprattutto – accettare una vita quasi nascosta, segreta, difficile.

Nino e Anna Maria riuscirono comunque a non far pesare questa paradossale situazione alla piccola Rosanna. Tutto, e in particolare quanto c'era di più assurdo, diventava un gioco.

Come la grande valigia rossa, nella quale Rosanna spesso si è trovata a essere nascosta durante gli spostamenti.

«La chiamavamo la valigia rossa» ricorda Rosanna «ma era una grande borsa da tennis, con dei manici molto larghi. Ricordo l'odore della gomma, e il rumore che mi piaceva fare solleticando con le dita la trama a coste. Mi ci ficcavo dentro per il tragitto che separava casa dal posto dove era parcheggiata la macchina, perché non potevo e non dovevo essere vista. E quando eravamo a casa la valigia diventava la mia cuccia, il mio mondo. Ci saltavo dentro e fuori, e ogni tanto ci nascondevo qualche bambola.»

La valigia rossa è il luogo dove la paura della realtà incontra il coraggio della fantasia.

E come in una fiaba, il giudice chiama la figlia Biancaneve, mentre lui, spesso raffreddato, per lei è Eolo, il nanetto con il naso arrossato.

Solo qualche amico fidato e collega del magistrato sa dell'esistenza della bimba, che frequenta l'asilo prima e le scuole poi presentandosi a maestre e compagni come «figlia di Natale, che fa il medico».

Non accetto volentieri la definizione di eroe quando si parla di papà. Anzi, sono sempre molto attenta a sottolineare la normalità delle sue scelte. Condivido quello che affermò anni fa Pina, la vedova dell'imprenditore Libero Grassi: «Quando Libero lo definiscono eroe, io mi ribello. Ma che significa eroe? Un cittadino normale, che fa il suo mestiere, che ha la sua dignità e che crede nel suo lavoro è eroe perché lo ammazzano? Falcone e Borsellino, che facevano il loro lavoro bene, scrupolosamente, in modo intelligente, sono eroi? Eroi perché li hanno ammazzati? Troppo comodo far fare gli eroi agli altri. [...] Bisogna dire che era molto meglio se non li ammazzavano e non diventavano eroi».
Credo che mio padre sia piuttosto un martire, un uomo che, conscio dei pericoli che correva, ha deciso di andare incontro a una fine annunciata, con coraggio e determinazione. Un uomo che ha scelto, nel momento in cui ha indossato la toga per la prima volta, di servire lo Stato con passione, amore e dedizione, nonostante tutto, fino alla fine, al di sopra di ogni cosa

Il processo del secolo

Fino agli anni Settanta, quando mezzo mondo è già andato in delirio per il don Vito Corleone di Francis Ford Coppola interpretato da Marlon Brando, qui in Italia le mafie non sono ancora riconosciute come organizzazioni criminali unitarie. Un paradosso: per lo Stato la mafia non esiste perché non c'è una legge che ne ammetta l'esistenza. Così, picciotti e boss vengono perseguiti e condannati per associazione a delinquere semplice, al pari di truffatori e manovalanza criminale di bassa lega.

Probabilmente a Roma non sono bastati i fiumi di sangue siciliano del procuratore Pietro Scaglione, del tenente colonnello Giuseppe Russo, di Michele Reina, di Boris Giuliano, del giudice Cesare Terranova, del presidente della regione Piersanti Mattarella e del capitano dei carabinieri Emanuele Basile, solo per citare gli omicidi di uomini dello Stato ordinati dallo spietato capo dei Corleonesi, Totò Riina, nella sua ascesa criminale.

Ci vogliono altri due cadaveri eccellenti, quello del deputato siciliano Pio La Torre e quello del generale Carlo Alberto Dalla Chiesa, che reduce dalla guerra alle Brigate rosse si è da poco insediato prefetto a Palermo, per far capire allo Stato che la mafia non è un'invenzione della letteratura e della cinematografia.

Solo allora il Parlamento decide di novellare il nostro Codice penale con l'introduzione dell'articolo 416 bis, che prevede e punisce l'associazione a delinquere di stampo mafioso. È il 1982.

Questo reato, l'associazione a delinquere di stampo

mafioso, è contestato per la prima volta poco tempo dopo, a seguito dell'uccisione, il 29 luglio 1983, del giudice istruttore Rocco Chinnici, capo del pool antimafia di Palermo che ha in Giovanni Falcone e Paolo Borsellino i simboli della nuova lotta siciliana.

Ma chi pensa di fermare il lavoro degli inquirenti con l'eliminazione di Chinnici si sbaglia: il suo posto all'Ufficio istruzione di Palermo verrà preso dal giudice Antonino Caponnetto, origini nissene e una vita trascorsa tra le verdi colline toscane. Il suo pool porrà le basi per quella che verrà per sempre ricordata come una delle più coraggiose imprese della magistratura dell'isola: portare tutti i mafiosi dietro le sbarre. E portarli tutti insieme.

La svolta è data da un fatto molto importante, un'occasione senza precedenti che si presenta ai giudici palermitani a cavallo tra il 1983 e il 1984: l'arresto in Brasile del «boss dei due mondi», Tommaso Buscetta che, estradato negli Stati Uniti, accetta di incontrare Giovanni Falcone.[1]

Buscetta decide di collaborare con la giustizia, e racconta a Falcone il volto più nascosto della mafia siciliana, alla quale dà un nome: Cosa Nostra. Don Masino descrive Cosa Nostra come un'organizzazione gerarchica (suddivisa in famiglie, decine, mandamenti) il cui vertice

---

[1] A proposito dell'incontro con Buscetta, è bene chiarire che non furono affatto organizzate tra i magistrati collette per affrontare le spese del viaggio, come si dice ancora oggi. Falcone incontra Buscetta grazie a una serie di attività volute e finanziate dal Dipartimento di Stato degli Usa, che aveva invitato il giudice palermitano a prender parte all'ambito International Visitor Leadership Program. Un programma di scambio culturale costruito ad hoc in base alle attitudini del visitatore, nel corso del quale è possibile effettuare vere e proprie riunioni con operatori politici, sociali, giudiziari e di polizia d'oltreoceano. La dottoressa Federica Menichelli, funzionaria dell'Ambasciata americana a Roma, mi ha raccontato di essere stata proprio lei a organizzare la trasferta del giudice Falcone, e quindi anche quel famoso incontro che avrebbe segnato la svolta decisiva nella storia della lotta alla mafia.

decisionale è la Cupola, composta da tutti i capimandamento e presieduta, dopo la guerra di mafia dei primi anni Ottanta, dal capo dei capi, il sanguinario corleonese Totò Riina.

Dirà Falcone, a proposito di quegli interrogatori: «È stato come un professore che ti permette di andare dai turchi senza dover parlare a gesti».[2]

Ma la grande novità è che grazie alle dichiarazioni rese da Buscetta nel corso degli interrogatori, Falcone e il pool potranno ricostruire non solo il piano organizzativo ma anche il sistema di responsabilità decisionale di Cosa Nostra: viene tracciato il «teorema Buscetta», secondo il quale tutti i delitti eccellenti sono comunque decisi dai boss della Cupola.

Quella Cupola che, quindi, ha ordinato la morte di Dalla Chiesa, Chinnici e tutti gli altri delitti eccellenti. Quanto basta a Caponnetto, Falcone, Borsellino e ai giudici del pool per istruire il «processo del secolo», il più imponente contro la mafia della storia italiana. Gli indagati del «maxiprocesso» – così veniva chiamato all'interno del palazzo di giustizia di Palermo e tra gli addetti ai lavori – sono quasi cinquecento.

La risposta di Cosa Nostra non tarda ad arrivare, e vengono uccisi due dei più validi collaboratori del pool: il commissario Giuseppe Montana e il vicequestore Ninni Cassarà.[3] Sono giorni terribili, si teme che la Cupola non si fermi di fronte a niente e nessuno. Al punto che Giovanni Falcone e Paolo Borsellino rinunciano all'ultimo brandello di serenità e di normalità, e si trasferiscono con le famiglie al carcere dell'Asinara per poter ultimare

---

[2] Giovanni Falcone, *Cose di Cosa Nostra*, Bur Rizzoli, Milano 2004.

[3] Giuseppe Montana, commissario della Squadra mobile di Palermo, viene ucciso il 28 luglio 1985; Ninni Cassarà, vicequestore aggiunto della Polizia di Stato nonché stretto collaboratore di Falcone e del pool antimafia, viene assassinato il 6 agosto 1985.

in condizioni di massima sicurezza la scrittura delle ordinanze del processo. Come reclusi e, sapremo più tardi, a loro spese, perché lo Stato – fatto indecente quanto incredibile – avrà la faccia tosta di presentare ai due magistrati il conto delle bibite consumate in quei giorni.

Per capire la portata di un processo come il maxi basta riprendere quanto detto dal procuratore generale di Palermo, Ugo Viola, nel suo discorso per l'inaugurazione dell'anno giudiziario 1986: «Col maxiprocesso di febbraio crolla il mito dell'inattaccabilità della mafia, dell'omertà come barriera invalicabile dei suoi santuari. Il procedimento concluso con la sentenza di rinvio a giudizio di quattrocentosettantacinque appartenenti a Cosa Nostra ha consentito di vedere la mafia non più come potere occulto, oscuro, misterioso, ma come un complesso di criminali ben identificati, delineando in concreto la loro attività delittuosa e i loro collegamenti nel tessuto sociale».

L'udienza d'apertura prende il via a Palermo il 10 febbraio 1986, nell'aula bunker costruita appositamente per consentire il contenimento di tutti gli imputati accanto al carcere dell'Ucciardone, cui è collegata da passaggi interni studiati per trasferire i detenuti dalle celle nella massima sicurezza. Migliaia di poliziotti e carabinieri da tutta Italia vengono trasferiti temporaneamente a Palermo per garantire l'ordine pubblico.

I quattrocentosettantacinque imputati dovranno rispondere dinanzi alla Corte per centoventi omicidi, traffico di droga, estorsioni e il nuovo reato di associazione mafiosa. La Corte è costituita da un numero doppio di membri, perché si teme che qualcuno possa essere ucciso durante il processo. A presiederla il giudice Alfonso Giordano, giudici a latere sono Antonio Prestipino e il futuro procuratore nazionale antimafia, Pietro Grasso. Pubblico ministero del processo è il giudice Giuseppe Ayala.

Il maxi è un evento, uno snodo fondamentale della strada per la libertà. I cronisti dell'epoca raccontano un

Paese con il fiato sospeso e descrivono uno scenario solenne, riportandolo nei minimi particolari:

> PALERMO – [...] Si comincia alle 9.45, ma passerà un'altra ora prima che l'operazione possa prendere il via speditamente. Bisogna far giurare i giudici popolari, evitando però che si pubblicizzino i loro nomi. Sono in quaranta dietro il banco della Corte, sei titolari, dieci supplenti, gli altri a disposizione. C'è una lunga pausa durante la quale la cancelleria identifica gli imputati liberi presenti. Costoro sono trentotto e siedono in un settore alla sinistra del pretorio. Più in là, altri dodici imputati, circondati dai carabinieri; sono una parte di quelli agli arresti domiciliari. Le gabbie affollate sono poche, solo quelle centrali. In una c'è Luciano Liggio, da solo; in un'altra Pippo Calò, in compagnia di un secondo detenuto. Finalmente si comincia. La Corte è «lunghissima». Da sinistra, due pubblici ministeri, Giuseppe Ayala e Domenico Signorino, che in seguito si alterneranno, ma che ora sono entrambi al loro posto; poi, tre giurati, due uomini e una donna: quindi, il giudice a latere supplente Antonio Prestipino, il giudice a latere titolare Pietro Grasso; al centro, il presidente Alfonso Giordano, alla sua sinistra il presidente supplente Claudio Dell'Acqua, gli altri tre giurati, due donne e un uomo, due cancellieri. Per i togati supplenti è il battesimo: il decreto legge che ne istituzionalizza la presenza è di soli quattro giorni fa. La cerimonia del giuramento è insolitamente breve. I sedici cittadini si limitano a dire «lo giuro», tutti insieme, e si prosegue con l'appello degli imputati e dei difensori. «Abbate Giovanni?» chiede il presidente. «Detenuto presente» risponde il cancelliere. «Chi lo difende?» L'avvocato interessato aziona il microfono e si presenta. Si finirà a pomeriggio inoltrato. Nei microfoni risuonano i nomi degli imputati celebri, presenti, assenti, latitanti, e degli avvocati di grosso calibro, ognuno impegnato in difese plurime [...][4]

---

[4] Franco Coppola, *Ore 9.45: inizia il Processo*, «la Repubblica», 11 febbraio 1986.

In ventidue mesi di udienze succederà di tutto, dalle rinunce «seriali» dei giudici popolari ad addirittura minacce di sciopero dei funzionari della cancelleria della prima sezione della corte d'Assise, senza contare gli agguati tesi per strada contro alcuni imputati.

Ciononostante il maxiprocesso si conclude in circa due anni, il 16 dicembre 1987, con la sentenza della corte d'Assise: dei quattrocentosettantacinque imputati – presenti e non – finiscono condannati in trecentosessanta, con diciannove ergastoli a tutti i componenti della Cupola, tra i quali il Papa Michele Greco, Giuseppe Marchese, Salvatore Riina e Bernardo Provenzano, per un totale di duemilaseicentosessantacinque anni di carcere. Vengono assolti centoquattordici imputati, e di questi diciotto saranno uccisi dagli stessi uomini di Cosa Nostra.

Alla vigilia del processo di Appello oltre al danno si rischierà la beffa: quarantuno boss e affiliati detenuti potrebbero lasciare le sbarre per decorrenza dei termini massimi di custodia cautelare tra il primo e il secondo grado. Si dovrà ricorrere addirittura a un decreto del guardasigilli per evitare quelle scarcerazioni di massa che potrebbero rappresentare nell'opinione pubblica l'ennesimo schiaffo alla Sicilia degli onesti. Decreto al quale, ironia della sorte, collaborerà, come abbiamo detto, anche Nino Scopelliti.

Lo stesso Scopelliti, il grande accusatore del Palazzaccio, che adesso dovrà sostenere la pubblica accusa proprio in merito ai ricorsi in Cassazione presentati dai boss della Cupola di fronte alla prima sezione penale presieduta dal giudice Corrado Carnevale.

«Guarda,» dice quest'ultimo rivolgendosi al primo presidente della Cassazione Antonio Brancaccio «io non ritengo di presiedere questo processo, per ragioni di rotazione anche per le presidenze, abbiamo difficoltà a trovare un altro presidente, l'unico disponibile mi sembra è il presidente Molinari.»

Il processo in questione è proprio il giudizio sul maxi contro Cosa Nostra.

Carnevale appare deciso, convinto, determinato. Quasi come se fosse una sua idea, una sua decisione, e non comunque un provvedimento che è già nell'aria, come le imminenti nuove disposizioni di turnazione che il nuovo guardasigilli Claudio Martelli, assieme al direttore degli Affari penali del ministero di Grazia e giustizia in pectore, Giovanni Falcone, sta predisponendo a seguito del monitoraggio affidato al professor Giovanni Conso. Dal monitoraggio, effettuato sui pronunciamenti di tutte le sezioni della Suprema corte, emergerà successivamente che le pronunce più controverse sono quelle della Prima sezione, con presidente Corrado Carnevale e relatore il dottor Paolino Dell'Anno.

Il giudice Vincenzo Molinari, colui il quale sarà indicato da Carnevale quale presidente nel giudizio sul maxi, andrà in pensione proprio a gennaio, quindi potrebbe essere difficoltoso portare a termine in tempo la celebrazione del processo.

Il primo presidente non manca di manifestare le sue perplessità circa l'eventuale designazione di Molinari, ma Carnevale, secondo lo stesso Brancaccio, è sicuro: il processo «si può fare in novembre, dicembre».

Possono esserci tutte le buone intenzioni, ma è bene ricordare che se il processo dinanzi ai giudici della Suprema corte non si celebrerà entro gennaio, scadranno i termini ultimi della custodia cautelare. In buona sostanza, nell'ipotesi che tra la celebrazione del giudizio di Appello e quello definitivo della Cassazione decorra quel lasso di tempo massimo previsto per la detenzione, allora finirebbero per essere scarcerati soldati e boss. Senza che ci sia la necessità di ammazzare alcun processo.

A volte mi chiedevo se papà volesse davvero così bene a me e alla mamma. Lui aveva scelto di rischiare la vita, cosciente di affrontare qualcosa più grande di lui, e, ignorando qualsiasi regola di elementare buon senso, aveva deciso ugualmente di trascorrere le ferie in Calabria, senza protezione, senza una macchina blindata. Solo. Solo e con una fiducia esagerata nella propria terra, nella propria gente, che non avrebbe mai permesso che gli accadesse nulla.
Posso confessare di aver provato tanta rabbia pensando all'ingratitudine di alcuni calabresi, di coloro che erano stati vicini a papà, che non avevano esitato ad affollare il suo studio nella casa natale di Campo, che non avevano avuto pudore nel chiedere consulti e favori. Come avevano potuto permettere che proprio in quella terra lui fosse così vulnerabile? Come avevano potuto permettere, in seguito, che la sua memoria si disperdesse tanto rapidamente?
A lungo ho rifiutato di comprendere e di accettare la scelta, che mi sembrava sconsiderata, di mio padre, la sua fiducia ingenua e cieca. Il lavoro, il suo «maledetto» lavoro e la sua «dannatissima» terra. Questi, attraverso la mano armata della 'ndrangheta, sono i due mostri che per anni ho ritenuto responsabili della mia vita senza papà.

Dentro il Palazzaccio

Roma, 25 luglio 1991. Il Palazzaccio, sede della Suprema corte di Cassazione, è semideserto.

Nei corridoi solo qualche impiegato, e le alte pareti amplificano ogni rumore di suola che scandisce sul pavimento di marmo il ritmo di passi solitari. L'aria condizionata non funziona dappertutto e negli uffici di magistrati ce ne sono davvero pochi. Molti sono già partiti per le ferie.

Il sostituto procuratore generale Antonino Scopelliti rimette in ordine gli ultimi fascicoli nella sua stanza al secondo piano. In quell'ufficio dove spesso la luce è rimasta accesa fino a tarda notte, dato che il giudice era solito rimanervi rinchiuso anche sedici ore di fila al giorno se necessario.

Infila tra le labbra una sigaretta, lascia l'ufficio e scompare lungo le scale.

Solo un attimo, il tabacco sembra più amaro del solito. Forse avrà sbagliato pacchetto. Le fuma sempre alternandole: una Marlboro rossa e una Philip Morris, una Philip Morris e una Marlboro rossa. «Così fanno meno danni» sostiene.

Forse è la seconda Marlboro di fila. O forse è il caldo, quel maledetto condizionatore rotto rende più pesante ogni passo.

O forse è un banale presentimento, quasi come accorgersi, volgendo lo sguardo più in là della porta, che è facile non varcarla più.

Antonino Scopelliti è consapevole di essersi infilato nella strada più angusta della sua carriera. Sostenere la pubblica accusa nel maxiprocesso in arrivo da Palermo, fronteggiare i ricorsi in Cassazione di boss della Cupola di Cosa Nostra, come Provenzano, Riina, Calò, Greco, non è di certo poca cosa. Anche per un magistrato esperto come lui, che fino ad allora aveva tenuto la pubblica accusa nei più importanti processi dell'Italia della Prima Repubblica.

C'è già chi dice che ha firmato la sua condanna a morte accettando quell'incarico. Eppure, quando l'avvocato generale della Suprema corte, Bartolomeo Lombardi, gli aveva chiesto se se la sentisse di fare il maxiprocesso di Palermo, Nino aveva risposto di sì, senza esitazione.

A Palermo, Falcone e Borsellino con il pool dell'Ufficio istruzione prima, e i giudici della corte d'Appello poi, sono riusciti a portare il maxi sino all'ultimo traguardo. Cosa impensabile per molti.

Scopelliti sa che entro dicembre, termine di scadenza della custodia cautelare per i boss, dovrà già aver pronta la requisitoria che il 30 gennaio 1992 terrà certamente dinnanzi al presidente della Prima sezione penale della Cassazione: quel giudice Corrado Carnevale che a marzo aveva «ammazzato» l'ennesimo processo contro la mafia, cancellando, come abbiamo visto, l'ergastolo per don Pippo Calò e il suo braccio destro Cercola, ritenuti mandanti della strage del *Rapido 904*. Ergastoli per i quali, invece, Scopelliti aveva chiesto la convalida, proponendo addirittura l'annullamento anche delle assoluzioni d'Appello per gli altri imputati.

Ora sta per arrivare dalla Sicilia quel pesante fardello. Pesante anche fisicamente, visto che si tratta di ben centotrentasei enormi scatoloni in tutto. Per quintali e quintali di carta.

Scrive il «Corriere della Sera»: «Proprio in aprile in relazione al "maxi numero uno" il presidente della corte d'Appello di Palermo aveva sollevato una questione senza precedenti, chiedendo che la Cassazione si trasferisse a Palermo per emettere la sentenza definitiva contro Cosa Nostra.

«In una lunga lettera al primo presidente Antonio Brancaccio, Conti aveva sottolineato le difficoltà logistiche che comporterebbe trasferire tutti gli atti da Palermo a Roma e aveva messo a disposizione del Supremo collegio l'aula bunker e tutte le strutture degli uffici giudiziari di Palermo. Brancaccio si era detto disposto a prendere in considerazione la proposta di far trasferire la Prima sezione penale a Palermo. Ma il presidente del collegio, Corrado Carnevale, si è espresso per il no».[1]

Nino decide di ottimizzare i tempi e di dedicare allo studio delle carte del «processone» parte delle ferie estive, concordando con la sua assistente, la dottoressa Chiara Licia Spoletini, che gli incartamenti del procedimento nei confronti di Abbate Giovanni + 459, una volta arrivati a Roma, gli siano fatti pervenire direttamente a casa dei genitori in Calabria. Chiede tassativamente di affidarne il trasporto fino a Villa San Giovanni alla Polizia ferroviaria, non sappiamo se per motivi di sicurezza o di convenienza. Certo è che si tratta di una richiesta insolita, perché c'era comunque la possibilità di spedire gli incartamenti anche in altro modo, con le poste, o in automobile. Ma Nino insiste perché sia proprio la Polfer a effettuare la consegna.

Quel 25 luglio sono da poco trascorse le 13. Il giudice lascia l'ufficio e raggiunge il suo autista, Gino Cirulli, che lo accompagna alla sua nuova Bmw, lasciata in un garage custodito poco distante dalla sua abitazione di via della Scrofa.

Il tempo di caricare i bagagli e inizia il suo viaggio. Destinazione: Campo Calabro.

---

[1] *Nel maxiprocesso di Palermo la chiave del delitto,* «Corriere della Sera», 11 agosto 1991.

Papà venne dimenticato in fretta e furia già nei giorni seguenti il suo funerale, celebrato per giunta nemmeno ventiquattro ore dopo il rinvenimento del suo cadavere. Del suo assassinio si parlò sui giornali fino a Ferragosto, poi via via l'interesse dei media e della gente iniziò a scemare, fino quasi a scomparire.
Non so dire se la responsabilità di questa scarsa volontà di memoria sia da imputare a qualcuno o qualcosa in particolare. La cosa certa è che per anni si è stati portati a credere che il periodo drammatico delle stragi avesse avuto inizio con il 1992 e gli eccidi di Capaci e via d'Amelio. Ma forse l'uccisione di mio padre, un anno prima, potrebbe segnare un avvenimento importante, come la stretta di mano tra mafia siciliana e mafia calabrese.
Il silenzio che è calato sull'omicidio Scopelliti, e che è rimasto inviolato fino all'esito del processo e oltre, lascia in me e nei miei famigliari amarezza e diversi interrogativi. Come mai, per esempio, a cominciare dai colleghi che lavoravano a più stretto contatto con papà, quasi nessuno ha sentito il bisogno di far sentire fattivamente il proprio affetto o la propria riconoscenza?
Ricordo solo una voce a rompere quel silenzio assordante: quella del collega e amico di papà Antonino Caponnetto. Le sue erano parole di rimprovero per un Paese e una regione che dimenticano in fretta. Solo dopo, almeno in Calabria, si cominciarono a intitolare alla memoria di papà strade, piazze, giardinetti.

«Nella bara lo Stato sconfitto»

10 agosto 1991. Durante la notte, in tutta fretta dopo l'autopsia, la bara con il feretro del giudice viene sistemata nella piccola chiesa di Santa Maria Maddalena in attesa dell'arrivo del presidente della Repubblica Francesco Cossiga, che non appena saputo del delitto ha interrotto le sue ferie estive a Courmayeur.

Già alle prime luci del mattino i famigliari e gli amici di Nino pregano e piangono accanto alla bara color mogano. Una bara molto particolare: massiccia, di legno plastificato. Sul coperchio della cassa è incastonato una sorta di oblò trasparente, collocato all'altezza del viso. Sembra un juke-box.

A Campo Calabro tutte le saracinesche sono abbassate: l'amministrazione comunale ha proclamato il lutto cittadino. Nel manifesto fatto affiggere in ogni muro del centro non compaiono però le parole «'ndrangheta» o «mafia».

La partecipazione al lutto e la vicinanza alla famiglia iniziano già a sentirsi dentro la chiesetta e fuori, dove cominciano a intravedersi gruppi di persone venute per esprimere il proprio cordoglio e la propria vicinanza.

«Chi sono i carnefici? Non lo so. C'è troppa gente nella nostra comunità che ha due vite: una ineccepibile, l'altra sommersa, misteriosa.» Ecco cosa dice il parroco, don Antonino Palamenta, all'inviato del «Giorno» Wladimiro Greco. Molta gente a Campo ha due vite. Troppa.

Arrivano in chiesa quattro giovani. Entrano in fila, in

alta uniforme: sono i corazzieri del Quirinale. Si sistemano ai lati della bara. «Sono l'ornamento con cui lo Stato addobba la sua sconfitta» scrive Greco nel suo pezzo.[1]

Allo svolgimento delle esequie partecipano tutti i campesi, e in piazza si radunano migliaia di persone, quasi a volersi stringere in un ultimo abbraccio attorno al loro amico Nino, che in paese «era amato da tutti» e che «faceva del bene a tutti». Questo si ripete di Nino, un rosario di parole che a furia di essere pronunciate sbiadiscono e si svuotano di senso.

Ai funerali presenziano numerose autorità, tutte schierate nelle prime panche: il capo dello Stato, il guardasigilli Claudio Martelli, il presidente della corte Costituzionale, Aldo Corasaniti, l'Alto commissario antimafia, Domenico Sica, il neo direttore dell'Ufficio affari penali del ministero di Grazia e giustizia, Giovanni Falcone. Quest'ultimo, appena arrivato a Campo, aveva stretto con entrambe le mani quelle del fratello di Nino, fissandolo con sguardo commosso e deciso: «Se hanno deciso così non si fermeranno più... ora il prossimo sarò io».

E anche se in chiesa la gente è compressa come sardine in scatola, si riescono a notare assenze importanti. Una su tutte: quella del presidente della Prima sezione penale della Cassazione, Corrado Carnevale, collega di una vita al Palazzaccio, in quella tanto chiacchierata Prima sezione penale.

Fuori dal colonnato, le autoblindo a un lato della strada e i militari dall'altro formano un'enorme cinta di carne e ferraglie: uno spiegamento di forze del genere non si era visto neanche a Reggio Calabria, dove in cinque anni la 'ndrangheta ha ucciso più di settecento persone, e dove da qualche settimana regna solo il silenzio. Non

---

[1] Wladimiro Greco, *Nella bara lo Stato sconfitto*, «Il Giorno», 10 agosto 1991.

si spara più. Evidentemente la quiete prima della tempesta. L'ultimo atto, in cui l'eroe cade perché intorno a lui nessuno è riuscito a restare in piedi.

Povero Nino Scopelliti, immolato sull'altare di uno Stato che in Calabria non aveva mai trovato il coraggio di farsi coniugare, né al participio passato, né al presente.

Qualche settimana dopo il funerale di papà, con mamma rientrammo a Roma. Settembre era alle porte e di lì a poco sarebbe ricominciata la scuola.

Lasciammo la Calabria in treno e, durante il viaggio, proprio all'altezza di Piale, la mamma uscì dal nostro scompartimento per dare un'occhiata fuori dal finestrino. Quando rientrò aveva gli occhi lucidi. Avevamo appena oltrepassato il luogo dell'agguato.

Tornammo in Calabria qualche mese dopo, nella settimana in cui si ricordano i morti. Giunti nelle vicinanze di Piale, vidi accentuarsi in mia madre quell'espressione nuova, quel nuovo disegno che il suo volto aveva preso dopo la morte di papà. Le nubi che si addensavano nei suoi occhi e la sofferenza che le scolpiva i lineamenti mi erano insopportabili. È difficile accettare e capire le debolezze e il dolore dei propri genitori.

Negli anni volgere lo sguardo al luogo dell'assassinio di papà è diventato un rito e il silenzio che segue quei gesti è ogni volta più pesante. Così, crescendo, chiesi esplicitamente alla mamma di evitare di andare in Calabria se non in casi di particolare necessità. Rientrare in quella terra dove papà era stato ucciso faceva troppo male, soprattutto quando, col passare del tempo, oltre alla tristezza per la sua morte, si era aggiunta anche l'amarezza per una reazione di rabbia e indignazione che non era mai arrivata.

L'oblio e l'abbandono che seguirono e resero vano il suo sacrificio rendevano quasi beffarda la scritta sul ceppo che campeggia dove lo uccisero: «La tua morte ha spezzato il silenzio di questa terra».

Falcone e la luna

Passano i giorni, e la Calabria comincia a dimenticare Scopelliti. Un morto come un altro, in una terra oramai drammaticamente assuefatta al sangue. Una terra dove «l'invidia ha gli occhi e la fortuna è cieca»,[1] dove ancora oggi chi riesce a vivere e affermarsi onestamente è visto come un'anomalia, una linea retta lungo due milioni di spigoli e mediocrità.

In fondo era Nino a essere «sbagliato». E poi, in un territorio a sovranità mafiosa certificata, un ammazzato fa più paura da morto che da vivo: deve essere seppellito anche nella memoria di chi rimane. Niente piazze, striscioni, manifestazioni. Niente di niente. La società civile, in Calabria, non sa neanche di esistere.

E dopo qualche articolo qua e là, anche i media nazionali finiscono per risentire di questa disaffezione D'altra parte, se l'opinione pubblica non dà segni di vita, che senso ha continuare a tenere alta l'attenzione?

Il 17 agosto, però, un uomo che ha capito cosa c'è «dietro» il sangue di Scopelliti, e che in cuor suo sente di dover fare qualcosa per il suo amico calabrese, prende carta e penna. E scrive. Scrive di questo omicidio, e del perché, a suo avviso, si dovrà iniziare a guardare anche oltre lo stretto di Messina per decifrarne le ragioni e il movente. E così apre uno squarcio di luce. Quell'uomo è Giovanni Falcone.

---

[1] Corrado Alvaro, *Gente in Aspromonte*, 1930.

Falcone e Scopelliti, nonostante le distanze gerarchiche e geografiche (uno per una vita a Palermo, l'altro da anni in Cassazione), erano legati da reciproca stima umana e professionale.

Falcone sa che Scopelliti era una mosca bianca alla Prima sezione: basta leggere le sue requisitorie dei processi Basile e Chinnici. E poi, senza andare troppo indietro negli anni, era stato sempre Scopelliti a difendere pubblicamente, in diretta televisiva, quelli che non erano convincimenti soltanto suoi, ma soprattutto di Falcone e del pool antimafia di Palermo. Era il 12 febbraio 1991.

Daniele Mastrogiacomo racconta su «la Repubblica»: «Martedì sera la puntata di *Telefono giallo*, la trasmissione di Corrado Augias su Rai Tre, era dedicata proprio al tema: l'omicidio del giudice Rocco Chinnici, uno dei magistrati più esposti nella guerra alle cosche di Cosa Nostra. In studio sono presenti avvocati, esperti, giudici, illustri commentatori. Il dibattito è pacato, ma verso la fine si anima per un contrasto che vede contrapposti il giudice istruttore Giovanni Falcone e l'avvocato Mario De Caprio, attuale difensore di Michele Greco, il Papa della mafia, e suo fratello Salvatore, detto il Senatore. Tra i due c'è uno scambio di accuse che lascia interdetti non solo lo stesso Falcone ma molti degli ospiti in studio».[2]

In chiusura di trasmissione gli ospiti di Augias, seduti su grosse poltrone di velluto caffellatte, si trovarono a discutere del «destino dei processi di mafia», di come si «sostanzia» la prova in un processo di mafia e con quali ombre dovessero «combattere» i magistrati, soprattutto quelli requirenti.

«Il nemico principale è l'omertà che pervade tutte le

---

[2] Daniele Mastrogiacomo, *Il legale del boss contro Falcone: «I Greco trattati come Tortora»*, «la Repubblica», 15 febbraio 1991.

vicende di mafia. Credo che in questi processi bisognerebbe fare a meno di quella prova orale che purtroppo spesso viene a mancare» ammetteva Falcone, in collegamento dalla sede Rai di Palermo.

Gli faceva subito eco proprio Scopelliti, che dava forma e materia alla preoccupazione del giudice istruttore palermitano. «Vorrei concludere un attimo il discorso del collega Falcone,» chiariva «perché lui dice delle cose esattissime, che condivido.

«Nei processi di mafia arrivare alla prova, nel senso tradizionale, è cosa ben difficile. Tant'è che c'è stata tempo fa una "interpretazione probatoria" da parte di alcuni giudici i quali si sono posti questa domanda: "Come si fa ad accertare la prova in questa tipologia di processi?". Allora si è parlato dei cosiddetti "segnali". Non so...

«C'è un signore, che esce di casa con la macchina blindata. Gli domandano: "Scusi, perché lei esce di casa con la macchina blindata?". E lui risponde: "È vietato?". No, non è vietato.

«C'è un signore, sempre questo, che per telefonare va a farlo dal bar sotto casa. Gli domandano: "Scusi, perché lei va a telefonare dal bar?". E lui risponde: "È vietato?". No, non è vietato.

«Sempre lo stesso signore cammina "scortato" da tre, quattro persone. Gli domandano: "Scusi, perché lei cammina sempre con le stesse tre, quattro persone?". E lui risponde: "È vietato?". No, non è vietato.

«E allora: in un processo di mafia questo comportamento atipico dovrebbe ritenersi non solo elemento indiziante ma certamente elemento probatorio.» Chapeau.

Alcuni minuti dopo, essendo divenuto di fatto il parafulmini delle critiche rivolte alla famigerata Prima sezione penale della Suprema corte, il magistrato calabrese precisava che «la Cassazione ha anche annullato sentenze di assoluzione di primo e secondo grado». Anzi, proprio a scanso di ogni eventuale «accostamento» a quell'ipergarantismo attribuito al presidente Carnevale, aggiungeva Scopelliti: «Vorrei dire una cosa, forse di carattere generale. La Costituzione prevede certamente garanzie per i cittadini, però bisogna andar piano sulle garanzie. Non vorrei che le garanzie per i birbanti fossero più incisive delle garanzie per gli onesti. La Costituzione avrà voluto dire un sacco di cose, ma questo certamente no».[3]

Erano parole nette, Nino aveva detto da che parte stava. Lui i processi non li ammazzava. Falcone già lo sapeva, ora lo sapevano anche colleghi, politici, giornalisti, società civile. E lo sapeva la mafia, che rispondesse al nome di Greco o di Calò poco importava.

Torniamo al 17 agosto 1991. Scopelliti è stato ucciso già da una settimana, e Giovanni Falcone, come dicevamo, decide di scrivere di suo pugno per compiere un atto pubblico di merito al sacrificio del collega ucciso. Al contempo, però, indica la strada da seguire per comprendere l'omicidio, chi lo ha voluto, e perché. Si schiera e non ha timore di dire quello che molti già sospettano. Lo fa dalle colonne della «Stampa».[4]

«L'ultimo delitto eccellente – l'uccisione di Antonino Scopelliti – è stato realizzato, come da copione, nella torbida estate meridionale cosicché, distratti dalle incombenti ferie di Ferragosto e dalla concomitanza di altri gravi eventi, quasi non vi abbiamo fatto caso.»

È ancora palpabile in tutto il Paese, infatti, l'onda emotiva seguita allo sbarco in Puglia dei ventimila disperati della *Vlora*, l'immensa nave che fu battezzata la «nave della salvezza e della libertà», salvezza e libertà per tutti i profughi che fuggivano dal regime albanese.

Ma certamente quel «distratti», che Falcone spende

---

[3] L'estratto di *Telefono giallo* del 12 febbraio 1991 è stato recuperato dall'archivio Rai grazie alla regista Fedora Sasso.

[4] Giovanni Falcone, *Perché Scopelliti? Mafia, i nuovi bersagli*, «La Spampa», 17 agosto 1991. (L'articolo è riportato integralmente in Appendice.)

parlando alla prima persona plurale, è un mero esercizio di retorica. Chi è abituato a «leggere» il giudice palermitano lo nota immediatamente.

«L'eliminazione di Scopelliti» continua Falcone «è avvenuta quando ormai la Suprema corte di Cassazione era stata investita dalla trattazione del maxiprocesso alla mafia palermitana e ciò non può essere senza significato. Anche se, infatti, l'uccisione del magistrato non fosse stata direttamente collegata alla celebrazione del maxiprocesso davanti alla Suprema corte, non ne avrebbe comunque potuto prescindere nel senso che non poteva non essere evidente che l'uccisione avrebbe influenzato pesantemente il clima dello svolgimento del maxiprocesso in quella sede. E se tale ovvia previsione non ha fatto desistere dal delitto, ciò significa che il gesto, anche se non direttamente ordinato da Cosa Nostra, alla stessa non era sgradito.»

C'è una pista, e Falcone non è tipo da dire una cosa per un'altra. Palermo, maxiprocesso, Cosa Nostra.

Non solo. Lo dice senza mezzi termini: Nino Scopelliti è stato eliminato per recapitare il messaggio direttamente a chi di dovere. Non a Palermo, non a Reggio Calabria, ma a Roma, la città dei Palazzi che contano, tanto nella giustizia quanto nella politica.

Ma c'è di più. Quel passaggio pesante come un macigno, ovvero, la considerazione che il delitto «anche se non direttamente ordinato da Cosa Nostra, alla stessa non era sgradito».

D'altra parte, Scopelliti viene ucciso in Calabria, terra di 'ndrangheta. Quindi, delle due l'una: o lo hanno ammazzato direttamente i siciliani, con loro uomini e con il benestare dei calabresi, o – ipotesi abbastanza plausibile – i siciliani hanno commissionato l'esecuzione direttamente ai calabresi. Continua il magistrato: «È difficilmente contestabile, infatti, che le organizzazioni mafiose (Cosa Nostra siciliana e 'ndrangheta calabrese) probabilmente sono molto più collegate tra di loro di quanto si affermi ufficialmente». Appunto.

«Adesso il maxiprocesso – che gronda del sangue dei migliori magistrati e investigatori italiani – è approdato all'ultima istanza di giudizio, la Cassazione, ed era stato affidato a chi, Antonino Scopelliti, già più volte, con serenità e coraggio, aveva espresso il punto di vista della pubblica accusa, in ultimo opponendosi alla scarcerazione preventiva per decorrenza dei termini degli imputati; scarcerazione poi concessa dalla Suprema corte con conseguente intervento governativo.» E, fatto ancora più importante, opponendosi alla cancellazione degli ergastoli inflitti a diversi boss della Cupola, ultimo in ordine di tempo il processo al Cassiere Pippo Calò per la strage del *Rapido 904*.

«L'opinione pubblica,» prosegue il magistrato «nel periodo del terrorismo, ha cominciato a rendersi conto della sua pericolosità con l'inizio degli attentati contro persone che, sconosciute ai più, rivestivano in realtà grande importanza nei meccanismi produttivi del Paese (vedi, per esempio, l'omicidio di Carlo Ghiglieno a Torino). Probabilmente stiamo attraversando adesso, nel campo della criminalità organizzata, una fase analoga. Si spera che l'ultimo infame assassinio faccia comprendere quanto grande sia la pericolosità criminale delle organizzazioni mafiose e che se ne traggano le conseguenze.»

C'è quell'antico proverbio cinese che dice: «Quando il saggio indica la luna, lo sciocco guarda il dito». Ma almeno lo sciocco il dito lo guarda.

Falcone ha indicato una strada. È lì, difficile, tortuosa, lunga, ma precisa: un patto di collaborazione tra Cosa Nostra e 'ndrangheta. E in Calabria non hanno guardato nemmeno il dito.

Nei primi accertamenti del giovanissimo pm meneghino Giorgio Jachia – cui in seguito verrà affiancato il dottor Bruno Giordano – si tira in ballo di tutto, addirittura il terrorismo: molti ricordano che il nome del giudice era inserito in un memorandum rinvenuto in un covo delle Brigate rosse. Ma gli anni di piombo erano finiti già da un pezzo. Nessuna ipotesi viene tralasciata, a partire da quella del delitto passionale. D'altra parte «*'u 'mmazzaru pe' fìmmani*» (lo hanno ucciso a causa di donne) è la prima delle voci che gira quando il cadavere del giudice è ancora caldo. Spesso queste dicerie vengono messe in giro artatamente proprio dagli stessi 'ndranghetisti del posto, per sviare l'iter investigativo. Roba da manuale, ormai. Eppure c'è chi persevera nell'accertamento di una fantomatica pista passionale, anziché concentrare tutte le energie sulla via tracciata da Falcone. Così, già dalle primissime battute, le indagini sembrano inesorabilmente destinate ad arenarsi.

Nel frattempo sono emersi molti scoop, poi rivelatisi colossali patacche, ma comunque utili a colorire qualche colonna di rotocalco. Per esempio, durante gli interrogatori tra le conoscenze del giudice, c'è una signora che si presenta ai pm quale «amica» di Nino. È convinta di aver risolto il caso: vi sarebbe stata una relazione extraconiugale tra il giudice e la signora Mietta Caminiti, moglie del dottor Renato Caminiti, noto medico chirurgo nonché titolare della più rinomata clinica privata di Villa San Giovanni. Vendetta di un marito tradito, secondo l'«amica» di Scopelliti.

Ma non è l'unica voce di popolo, a Campo e dintorni. Addirittura secondo alcuni il giudice non era affatto un dongiovanni, bensì uno «*i 'dda manèra*» (in quel modo), un omosessuale. E ad alimentare queste amenità è sempre un ristretto gruppo di persone, per lo più donne, che dicono di essere state amiche più o meno intime del giudice.

Sono state citate solo alcune circostanze, ben delimitate nel tempo e nello spazio, che con ogni probabilità hanno in qualche modo compromesso l'attività investigativa.

Quello che colpisce di questo efferato omicidio è l'incredibile velocità con la quale viene «liquidato» per una serie di ragioni piuttosto allarmanti.

La prima. La scena del delitto e la raccolta degli indizi.
La scena del crimine dopo poche ore sarebbe già stata ripristinata al traffico (il condizionale è d'obbligo perché il dato è basato su ricostruzioni incrociate, non avendo trovato riscontro documentale nel fascicolo processuale). Eppure si tratta di una strada non particolarmente frequentata ma, anzi, quasi deserta. Sarebbe stato forse più prudente chiuderla totalmente, anche per diversi giorni: chiedere l'intervento di investigatori specializzati, della Polizia scientifica, rintracciare un'impronta, i segni sull'asfalto degli pneumatici della presunta motocicletta, capire se di moto si era trattato – visto che come vedremo più avanti le indagini di polizia giudiziaria non sono riuscite ad accertarlo – e, in tal caso, di che tipo di moto... Insomma, le indagini di routine quando vi è un omicidio, utili a reperire ogni particolare, ogni minimo indizio per l'identificazione quanto meno dei killer, il primo passo, il più importante, per poter poi arrivare a individuare i mandanti e il movente.

La seconda. L'autopsia.
Che fretta c'era di chiudere la salma del giudice dentro una bara e celebrare i funerali in meno di ventiquattro ore dal delitto? Questo è un particolare significativo, perché è prassi consolidata che quando vi è un omicidio, di qualsiasi matrice e natura, il cadavere, tra esame autoptico e altri accertamenti, non viene mai dissequestrato dall'autorità giudiziaria prima di ventiquattro-trentasei ore. Figuriamoci per quegli omicidi che ricadono tra i cosiddetti «delitti eccellenti», eseguiti a colpi di arma da fuoco e che portano la firma della mafia.

La terza. I testimoni.
Possibile che nessuno abbia visto nulla quel pomeriggio del 9 agosto? Possibile che chi stava a pochi metri da lì, nella stazione di rifornimento, abbia «sentito» l'auto precipitare nello strapiombo, senza però udire ben due colpi di fucile?

Come dichiara il pm Jachia a un cronista di «Repubblica», il benzinaio «non ha sentito gli spari e non ha visto nessuno. Ha pensato che fosse un incidente stradale. Perché una cosa è certa: se avesse visto, o se solo avesse intuito che poteva essere un omicidio, non avrebbe avvertito nessuno».[5]

Intanto la luna è, incidentalmente, sempre più vicina: le cronache del tempo riferiscono di una telefonata[6] giunta al fratello di Nino, Francesco Scopelliti, titolare di una farmacia a Squillace, nel catanzarese. Lo sconosciuto interlocutore, che parlava con accento tipico di Villa San Giovanni-Campo Calabro, lo avrebbe informato che era impossibile evitare l'omicidio del giudice perché «imposto». Stessa comunicazione sarebbe stata data – dicono – alla sorella del magistrato, Rosetta, direttamente dai fratelli Garonfolo, luogotenenti della 'ndrangheta di Campo Calabro. Rosetta fino a oggi non ha smentito.

Certo riesce difficile immaginare che la ferale notizia possa esser stata portata prima dai mafiosi del posto che dalla polizia. Ma anche questa è Calabria.

---

[5] Giovanni Maria Bellu, *Ma il «ragazzo» non si arrende*, «la Repubblica», 13 agosto 1991.
[6] Franco Calabrò, *Telefonata al fratello: omicidio «imposto»*, «La Gazzetta del Sud», 28 agosto 1991.

Le immagini delle settimane che seguirono l'assassinio di papà sono offuscate nella mia mente. Quello che non riesco proprio a dimenticare è il trambusto che ha caratterizzato la vita mia e di mia madre: una sensazione continua di precarietà, unita alla percezione che con la morte di mio padre erano scomparse anche le mie radici, il legame profondo che mi rendeva sempre felice di tornare in Calabria, una terra che sentivo appartenermi visceralmente. E poco importava se ad accogliermi a Reggio ci sarebbero sempre stati i nonni.
Il baratro che mi separava dallo Stretto, dalle spiagge di Scilla e della costa viola, dall'odore acre degli ulivi e dai miei compagni di giochi estivi, era diventato d'un tratto troppo profondo e io, soprattutto, non avevo alcuna voglia di attraversarlo.

La guerra è finita

Siamo davvero sicuri che l'uccisione di Scopelliti sia servita solo ai boss siciliani, che vedevano in lui un ostacolo alla Suprema corte e una toga «pesante» da abbattere? Siamo certi che il giudice sia stato ammazzato per mandare un segnale forte a Roma?

Partiamo dalle due corsie principali della strada tracciata da Giovanni Falcone. La prima: l'eliminazione di Scopelliti nasce a Palermo, dove il magistrato che ha preso in mano il maxiprocesso in Cassazione è noto alla Cupola come irreprensibile. La seconda: Scopelliti non viene ucciso a Roma, bensì in Calabria, terra controllata dalla 'ndrangheta.

Appare quindi plausibile che i clan calabresi abbiano fatto un «favore» ai cugini siciliani. Un po' come nelle strategie belliche: se un nemico da eliminare si trova in Paese alleato, questi viene fatto prigioniero e giustiziato in quel Paese, per conto dell'esercito amico. Convincimento peraltro maturato nel tempo anche tra gli inquirenti che, dopo alcuni mesi di depistaggi e punti di non ritorno, iniziano ora a interpretare il delitto in una prospettiva più ampia.

Che le due più grandi organizzazioni criminali dell'estremo Sud siano separate da una striscia di acqua non implica che siano anche avverse l'una all'altra, che non sussistano rapporti di buon vicinato. Talora di collaborazione. «Già a partire dagli anni Cinquanta erano assolutamente seri» mi racconta in una lunga intervista[1] il giu-

[1] In Appendice la conversazione integrale con Salvatore Boemi.

dice Salvatore Boemi, memoria storica dell'antimafia reggina.

«I boss della 'ndrangheta» continua il magistrato «avevano le migliori celle nelle carceri siciliane, in segno di ospitalità e di rispetto. [...] Paolo De Stefano e Nitto Santapaola sono stati condannati per aver gestito congiuntamente alcuni traffici di droga già a partire dagli anni Ottanta.»

Rispetto reciproco e affari comuni: nulla di meglio per suggellare un patto di fiducia tra due organizzazioni criminali.

Due mafie, Cosa Nostra e 'ndrangheta, che hanno saputo rendersi moderne. Come due grandi holding finanziarie che, operando su mercati diversi, non hanno alcun bisogno di farsi la guerra. Tutt'altro: quando è stato necessario è spesso capitato che i gruppi di fuoco si scambiassero anche armi e killer professionisti.[2] Non è stato mai fatto mistero, per esempio, che i più temibili boss della 'ndrangheta, da Piromalli a Mammoliti, a 'Ntoni Macrì, assurti al grado di Santisti,[3] fossero affiliati anche a Cosa Nostra.[4] O che lo storico boss di Reggio Calabria,

---

[2] Mario Guarino, *Poteri segreti e criminalità. L'intreccio inconfessabile tra 'ndrangheta, massoneria e apparati dello Stato*, Edizioni Dedalo, 2004.

[3] La Santa è la sovrastruttura della 'ndrangheta che prevede la possibilità della doppia affiliazione: lo 'ndranghetista, infatti, è anche affiliato alla massoneria.

[4] Tra le sue tante rivelazioni don Masino Buscetta racconta ai giudici che, già sul finire degli anni Cinquanta, erano state *punciute* alcune famiglie del reggino. Tra queste Buscetta ricorda di aver conosciuto personalmente Giuseppe Piromalli. «Dichiarava Tommaso Buscetta che tra il 1956 e il 1958 era venuto in Calabria su incarico del boss americano Alberto Anastasia per creare nel reggino famiglie mafiose. Una delle prime famiglie calabresi divenute mafiose era stata quella dei Piromalli. Aveva conosciuto Giuseppe Piromalli ed era in grado di garantire che fosse parte integrante e seguisse la dottrina di Cosa Nostra in Calabria.» (Sentenza n. 18/98, corte d'Assise di Reggio Calabria, proc. n. 31/96 contro Provenzano Bernardo +9.)

don Mico Tripodo, godesse di tale stima presso i Corleonesi al punto di essere scelto addirittura come compare d'anello del capo dei capi, Totò Riina.[5]

Ma il fatto che le due mafie siano da decenni in collaborazione reciproca non può bastare, di per sé, ad avvalorare l'ipotesi dell'eventuale favore fatto dai calabresi ai siciliani con l'uccisione di Nino Scopelliti.

Gli 'ndranghetisti, che non fanno mai niente per niente, dal 1986 hanno un problema molto grande: la seconda, terribile, guerra di mafia di Reggio Calabria. E questa è stata una delle prime perplessità che Giovanni Falcone ha manifestato a Salvatore Boemi fin dal 10 agosto.

«Era stranamente nervoso,» ricorda Boemi «e disse che mi aveva cercato perché voleva avere la mia opinione sulla vicenda. Sapere cosa ne pensavo. Aveva l'ansia, insomma, di verificare le sue tesi con quelle che erano le impressioni di chi lavorava sul territorio calabrese. Io, che in quella data lavoravo soltanto su fatti riguardanti la "guerra di mafia", gli dissi: "Giovanni, dobbiamo vedere ciò che accadrà nelle prossime settimane". Che i De Stefano facciano un omicidio importante in odio agli Imertiani, criminalmente controllanti quella porzione di territorio, è una cosa anche possibile. "Ma sono loro" mi chiese Giovanni "che controllano il territorio?" Risposi di no, che lì la situazione era ancora più complessa perché il territorio lo controlla da sempre una famiglia talmente prestigiosa, talmente forte, da poter essere estranea alla lotta: i Garonfolo. I Garonfolo, imparentati con i Labate, avevano fatto sapere ai due schieramenti con-

---

Anche Giacomo Lauro, rispondendo a domanda del pm, dichiara di essere a conoscenza che il boss Nino Mammoliti, fratello del più noto Saro, fosse affiliato a Cosa Nostra (Procedimento penale a carico di Riina + 13, corte d'Assise di Reggio Calabria).

[5] Alfio Caruso, *Da cosa nasce cosa. Storia della mafia dal 1943 a oggi*, Longanesi, Milano 2000.

trapposti di voler restare fuori dallo scontro. Gli dissi quindi che bisognava aver pazienza e aspettare alcuni mesi. Dopo qualche tempo richiamai Giovanni: "Hai ragione tu, qui c'è stato un accordo siculo-calabrese".»

Attraverso la mediazione di Cosa Nostra, dunque, i boss della 'ndrangheta avevano finalmente trovato un punto di accordo, ponendo fine alla guerra di mafia.

Una guerra frutto dei grandi appetiti suscitati dall'imminente pioggia di migliaia miliardi di lire in appalti, a partire da quelli per la costruzione del ponte sullo Stretto. In cinque anni si erano contate più di settecento vittime, anche innocenti. Reggio Calabria era un teatro di guerra, dove si scontravano quotidianamente due veri e propri eserciti: da un lato quello dei De Stefano (alleati con i Tegano e i Libri), capi della zona a sud di Reggio, dall'altro quello degli Imerti (alleati con i Condello), signori della fascia a nord della città, fino a Villa San Giovanni.

«La guerra di mafia» racconta il giudice Boemi «nasce con il tentativo di eliminare Antonino Imerti, che riuscì miracolosamente a scampare a un attentato l'11 ottobre 1985 [per il boss era stata preparata un'autobomba, *NdA*]. La risposta immediata, due giorni dopo, fu l'uccisione di Paolo De Stefano.»

Don Paolino De Stefano, soprannominato il Re di Archi, quartiere della periferia Nord della città, famoso per le sue scarpe di vernice lucida, era in quegli anni il punto di riferimento delle mafie internazionali per il traffico di droga, armi e diamanti.

«De Stefano» aggiunge Boemi «rappresentava una delle famiglie più importanti, e rappresentava quella figura di mafioso moderno che era riuscito a intrattenere rapporti con Cosa Nostra e Camorra. Fu tra i primi a comprendere che al prestigio mafioso bisognava accompagnare anche la ricchezza, attraverso i traffici di droga. I De Stefano guidavano da tempo ben diciotto cosche operanti su Reggio Calabria, e fino a dicembre di quell'anno non vi erano stati scontri significativi. Con la morte di Paolo De Stefano non c'erano figure preminenti, oltre Orazio,[6] per cui si creò una sorta di "confederazione" tra famiglie importanti, come i Tegano, i Libri e i Latella che restarono con i De Stefano.»

La guerra era dichiarata.

«La risposta destefaniana arrivò nel gennaio del 1987, quando vennero uccisi alcuni parenti di Pasquale Condello, a sua volta imparentato con Imerti e fino ad allora ben inserito nella zona Nord di Reggio Calabria.

«Ciò portò anche a una profonda crisi economica, perché vennero uccisi dei piccoli imprenditori, uomini delle cosche. In definitiva, le cosche dovevano impegnarsi sempre di più in spese che non avevano mai affrontato, come l'acquisto di vetture blindate, che in quegli anni a Reggio diventarono quasi di moda.

«E poi gli armamenti: si rifornirono infatti di kalashnikov e armi da guerra come i bazooka.

«L'economia criminale diventò un'economia di guerra. Una guerra che dall'esterno non si riuscì a bloccare. Ci provarono persino i Nirta dalla parte ionica e gli Alvaro da quella tirrenica della provincia, perché era uno scontro malvisto dall'universo mafioso calabrese. Pensate che si chiamarono all'ordine per prendere parte alla guerra anche i gruppi residenti all'infuori della Calabria, come i Coco-Trovato nella lontana Milano.»

In quegli anni terribili le auto blindate non bastano a salvare decine e decine di pregiudicati, come il boss Mario Albanese, che vengono fatti saltare per aria con missili anticarro.

Tant'è che molti capi, per paura di essere uccisi, non escono neanche più di casa, sepolti vivi.

[6] Orazio De Stefano, fratello di Paolo.

Antonino Fontana, un convertito Imertiano con una vita passata dietro ai De Stefano, ha fatto installare nella propria abitazione i più sofisticati sistemi di sicurezza e vetri antiproiettile. Per eliminarlo assoldano un cecchino professionista, il quale con un fucile di precisione calibro 300 riesce a farlo fuori il 22 luglio 1990 davanti a moglie e figli con un solo colpo al cuore, sparato da oltre cento metri. Due anni prima, il 16 settembre 1988, una simile sorte era toccata al giovane Pasquale Rocco Libri, figlio del boss Domenico, alias don Mico, che una sera fu ucciso mentre prendeva l'ora d'aria nel carcere di Reggio: gli spararono a centocinquanta metri di distanza, dal quinto piano di una palazzina vicina al carcere, con un fucile di alta precisione calibro 7.62, come quelli in dotazione alle forze Nato. Libri era stramazzato al suolo dopo un solo colpo.

A Reggio tutti hanno paura di quel cecchino con la mira olimpionica, di quel killer sconosciuto che, spiegherà Mario Blasco della Squadra mobile di Reggio, «entra in azione quando le cosche hanno la necessità di eliminare persone che si muovono con particolari cautele, altrimenti entrano in azione, in maniera spettacolare, i gruppi di fuoco tradizionali che usano la lupara e i mitra».[7]

Lo spettacolo, appunto. Quello eclatante, fatto per dare dimostrazione di forza in pubblico. Il tritolo è lo strumento di terrore preferito da entrambi gli schieramenti, che piazzano autobombe anche al mattino, in pieno centro. Come quella azionata il 10 gennaio 1990 in via cardinale Portanova. Vicino al luogo dell'esplosione ci sono una pompa di benzina, un asilo e una clinica privata.

È solo uno dei tanti esempi di quella 'ndrangheta oramai lontana anni luce dalle «regole» della Società d'onore, di una mafia che non guarda più in faccia nessuno.

---

[7] Pantaleone Sergi, *L'infallibile killer di Reggio*, «la Repubblica», 25 febbraio 1989.

Muoiono innocenti, donne, bambini. Ogni giorno cadono tra le due e le quattro persone almeno. Vengono uccisi ragazzi giovanissimi, estranei ai contesti criminali, rei di aver un legame di parentela con uomini dei Tegano piuttosto che dei Condello.

Vengono uccisi senza alcuna pietà anche diversi amministratori pubblici, come Giovanni Trecroci, docente di lettere e vicesindaco di Villa San Giovanni. Freddato il 7 febbraio 1990 con cinque colpi in testa mentre rientrava a casa al termine del consiglio comunale. Un uomo onesto, che lascia una figlia di un anno e mezzo e una giovane moglie in attesa di un secondo bambino. Il fratello, Franco, anch'egli docente di lettere e vicepreside al liceo classico di Reggio Calabria, era stato giudice popolare nel processo per la prima guerra di mafia reggina. Un delitto, quello Trecroci, rimasto irrisolto.

In quegli anni, a schierarsi a viso aperto contro la 'ndrangheta è un sacerdote, don Italo Calabrò. Una delle figure più straordinarie che la comunità di Reggio possa vantare. Da anni danno fastidio i suoi comportamenti, le sue interviste, le sue omelie. Come quella pronunciata nel 1984 nei giorni del rapimento del piccolo Vincenzo Diano: «I mafiosi si ritengono uomini, e addirittura, la parodia diventa sacrilega, uomini d'onore. Se c'è qualcuno che non è un uomo è invece il mafioso, e se c'è qualcuno che non ha l'onore è il mafioso. I mafiosi non sono uomini e i mafiosi non hanno onore: questo dobbiamo dirlo tranquillamente, con tutta la comprensione e la pietà».

Nessuna dignità, nessun onore. Si spara ovunque, in pizzeria, al bar, fino al reparto di pediatria del policlinico. Ogni quartiere di Reggio e dintorni porta i segni ineludibili della morte, della paura, la firma di una delle ventidue cosche in guerra in una città che sembra destinata ad autodistruggersi per sempre. Reggio è militarizzata: dalle 'ndrine e dallo Stato, che invia più di quattromila uomini.

Dopo cinque anni di sangue e lutti, dunque, sarebbe stato Totò Riina in persona a risolvere il problema. Dicono che sia venuto più volte in Calabria, travestito da prete, e che abbia gestito lui stesso la lunga trattativa tra le due fazioni, per porre fine a una carneficina che faceva male agli affari e alle famiglie.

Una trattativa che si sarebbe conclusa senza vincitori né vinti: nel nome di una pace – sarebbe meglio dire di una tregua – che vedeva da un lato un garante quale il capo dei capi, al quale serviva un favore in cambio, una prova di fedeltà; dall'altro due eserciti che continuando di quel passo non avrebbero più avuto né uomini né soldi. L'accordo sarà siglato sulla pelle del giudice Antonino Scopelliti. Infatti, se dato incontrovertibile c'è, è che a partire dall'estate del 1991 a Reggio non si spara più.

La guerra è finita.

Mia madre, le rarissime volte che riesce a parlare di papà, ricorda il suo sguardo assente quando ebbe la notizia dell'uccisione del giudice Rosario Livatino, il «giudice ragazzino» ammazzato ad Agrigento il 21 settembre 1990.
«Lo hanno ucciso così, come un cane... Lo hanno inseguito per la scarpata...» mormorava faticando a trovare una posizione comoda sulla poltrona che pareva rovente. E poi silenzio. Un silenzio pesante, denso di cattivi pensieri, o forse colmo di consapevolezza.
Mamma a distanza di anni sostiene di non aver mai visto papà tanto turbato prima e sa quanto quella morte, come quella dei giudici Chinnici e Saetta, fosse per lui l'ennesima prova che non saremmo mai stati veramente al sicuro e che il giorno in cui avremmo potuto vivere serenamente tutti insieme sarebbe stato sempre più lontano.
Allora non smetto di chiedermi: se papà temeva per sé e per noi, perché l'estate del 1991 decise di andare in Calabria? E perché senza scorta, soprattutto dopo aver rinunciato a un'offerta, dicono i pentiti, di cinque miliardi di lire? Perché, se aveva paura, se era consapevole di aver firmato la sua condanna, continuava a promettere che finito il maxi e raggiunta l'agognata promozione la nostra famiglia sarebbe diventata finalmente normale?

Eppur si muove

Se volessimo mettere in fila tutti gli incartamenti investigativi e processuali prodotti nel 1992 non basterebbe un intero campo da calcio. Tonnellate e tonnellate di verbali, deposizioni, perizie, sentenze, trascrizioni, informative. È infatti, nel bene e nel male, uno di quegli anni destinati a consegnare alla Storia le liste dei vincitori e dei vinti, dei carnefici e delle vittime. Un anno di demarcazione e transizione, che delinea il profilo di quella che sarà conosciuta come la Seconda repubblica.

A Roma, dove il 30 gennaio la Cassazione scrive il capitolo di chiusura del maxiprocesso di Palermo: confermate tutte le condanne; evidentemente si sbagliava chi pensava di fermare la giustizia eliminando Nino Scopelliti. Per la prima volta nella storia repubblicana veniva riconosciuta l'unitarietà di Cosa Nostra.

A Milano, dove decine di intrecci tra malaffare e malapolitica fanno esplodere il ciclone Mani Pulite, che persegue e azzera una intera classe dirigente in tutto il Paese.

A Palermo, dove il 23 maggio si compie quanto drammaticamente il giudice Giovanni Falcone aveva previsto nove mesi prima, ovvero che, tolto di mezzo Scopelliti, il prossimo nemico che la mafia avrebbe abbattuto sarebbe stato proprio lui. E subito dopo, il 19 luglio, toccherà a Paolo Borsellino.[1]

---

[1] Anche il giudice Borsellino ha capito con l'uccisione di Falcone quale sarà il passo successivo: «Il prossimo sarò io, devo fare presto» continua a ripetere. Borsellino sa che a Palermo era già arrivato il tritolo per lui. Al-

E a Reggio Calabria, dove negli ultimi mesi dell'anno finalmente stanno cominciando a sciogliersi le stalattiti intorno alle prime indagini sul delitto del giudice Scopelliti. Anche grazie all'insediamento a Reggio della Direzione investigativa antimafia, alle dipendenze del colonnello Angiolo Pellegrini, che prenderà in carico le indagini.

La procura trova coraggio, nel caso Scopelliti come in quello per l'omicidio dell'ex presidente delle Ferrovie dello Stato Lodovico Ligato il 27 agosto 1989.

A rompere ogni indugio e gettare il cuore oltre l'ostacolo ci pensa un gruppo di stoici magistrati: Bruno Giordano, Vincenzo Pedone e Alberto Cisterna, prima; Salvatore Boemi, Vincenzo Macrì e Giuseppe Verzera, poi. Ognuno, a vario titolo, è tra quelli che hanno cercato di far risalire la china a una comunità giudiziaria, quella reggina, al tempo intrisa di striscianti invidie e rovinosi veleni.

Sono gli anni della prima operazione Olimpia, che si tradurrà qualche tempo dopo nel primo maxiprocesso alla 'ndrangheta, che porterà a giudizio per associazione mafiosa qualcosa come quattrocento imputati. Lo storico processo che avrebbe ricostruito oltre venticinque anni di attività della 'ndrangheta.[2]

Quanto alle indagini sul delitto Scopelliti, l'azione investigativa dei magistrati della città dello Stretto si focalizza sulla definizione del movente e dei mandanti. Seguire la cosiddetta «pista palermitana», con i punti di contatto nella criminalità organizzata calabrese, imprime una for-

---

cuni pentiti calabresi più tardi riferiranno che fu la 'ndrangheta ad aver fornito a Cosa Nostra l'esplosivo per l'attentato, direttamente da San Luca. Il pentito Giacomo Lauro pare sapesse quale sarebbe stata la sorte del giudice di Palermo già venti giorni prima della strage di via d'Amelio.

[2] Si rimanda alla conversazione con Salvatore Boemi in Appendice.

te accelerazione all'inchiesta: resta da scegliere come arrivare alla formazione della prova.

Gli inquirenti, perciò, intravedono la possibilità di «importare» per la prima volta il metodo Falcone anche nei processi contro la 'ndrangheta e iniziano a raccogliere e valutare gli interrogatori dei pentiti.

Parla Leonardo Messina, detto Narduzzu, il mafioso che decise di collaborare con la giustizia dopo aver ascoltato l'invocazione della vedova Rosaria Schifani a seguito della strage di Capaci. Messina fa subito riferimento all'interesse della Cupola negli omicidi dei giudici Antonino Scopelliti e Antonino Saetta.[3] I giudici Scopelliti e Saetta erano stati uccisi da Cosa Nostra perché, contattati «da un politico o da un imprenditore vicino», si erano rifiutati di «aggiustare», rispettivamente, il maxiprocesso di Palermo (che stava per essere discusso in Cassazione) e quello per l'assassinio del capitano Emanuele Basile.

«Gli avevano parlato e non avevano dato garanzie» rivela Messina, il quale ha anche voluto lanciare in quella sede un appello agli uomini della mafia: «Vi invito a collaborare, collaborate tutti, perché è finito, è finito tutto».[4]

Sono sempre di più i pentiti interrogati dai magistrati reggini. Alla fine delle indagini se ne conteranno ben diciassette, in gran numero ex appartenenti a clan legati a Cosa Nostra: Tommaso Buscetta, Giuseppe Marchese, Francesco Marino Mannoia, Totuccio Contorno, Leonardo Messina, Baldassarre Di Maggio (l'uomo che aveva svelato il covo di Riina, permettendone l'arresto dopo decenni di latitanza), Gaetano Costa, Santino Di Matteo

---

[3] Antonio Saetta, presidente della Prima sezione della corte d'Appello di Palermo, era stato ucciso il 25 settembre 1988.

[4] Audizione di Leonardo Messina in commissione parlamentare antimafia, 1° dicembre 1992.

(papà del piccolo Giuseppe, il bambino di undici anni sequestrato e poi sciolto in un bidone di acido l'11 gennaio 1996 da Giovanni Brusca per tentare di convincere il pentito a ritrattare le sue collaborazioni), Gioacchino La Barbera, Raffaele Baretta, Giovanni Drago, Bruno Carbonaro e Salvatore Cancemi.

Parla anche un esponente della Sacra Corona Unita pugliese, Marino Pulito, che riferisce di una presunta offerta di quattro, cinque miliardi a Scopelliti perché «aggiustasse» la requisitoria del maxi in direzione favorevole a Cosa Nostra.

Mentre sul versante della 'ndrangheta preziosissime e attendibili si confermano le testimonianze dei collaboranti Giacomo Lauro, il Diplomatico della cosca Condello-Imerti e Filippo Barreca, capo del clan di Bocale.

I pentiti sostengono concordemente che l'omicidio del giudice Scopelliti sia stato voluto dalla Cupola palermitana e da questa richiesto alle cosche reggine.

Gaetano Costa, boss del locale[5] di Messina, aggiunge che fu lui stesso a mettere in contatto i palermitani con i Piromalli di Gioia Tauro che, sempre secondo questi, avrebbero dovuto tentare un «avvicinamento» del giudice Scopelliti e che, fallito tale tentativo, seppe che Cosa Nostra ne decretò l'eliminazione.

Il collaboratore Giuseppe Lombardo, killer di fiducia dei Condello, riferisce di un summit che si sarebbe svolto circa un mese prima dell'agguato a Scopelliti. Al summit, organizzato secondo Lombardo in una località della costa ionica calabrese, avrebbe preso parte anche Totò Riina, il quale avrebbe dettato le condizioni della pace alle famiglie in guerra a Reggio, stabilendo che i clan al tempo contrapposti avrebbero dovuto pianificare ed eseguire congiuntamente il delitto del giudice Scopelliti. Al tavolo di

---

[5] Struttura organizzativa della 'ndrangheta simile alla cosca siciliana.

concertazione avrebbero preso parte, tra gli altri, Paolo Serraino, Pasquale Condello, Giovanni Fontana, alcuni rappresentanti delle 'ndrine del litorale ionico e i fratelli Garonfolo di Campo Calabro.

Ma benché non vi siano riscontri certi né circa il presunto summit, né sul luogo dove si sarebbe tenuto e la partecipazione di Riina, c'è sempre, come abbiamo visto, un dato di fatto molto significativo: da quell'estate del 1991 a Reggio Calabria e dintorni non si spara più. La fine della seconda guerra di mafia di Reggio Calabria coincide dunque storicamente con l'eliminazione di Nino Scopelliti: con il suo sangue e dietro il negoziato di Cosa Nostra, sostengono i pentiti, sarebbe stata siglata la pace tra gli Imerti e i De Stefano.

Al termine degli interrogatori tra i collaboratori di giustizia, cinque diventano determinanti per le indagini portate avanti negli ultimi venti mesi dai magistrati di Reggio Calabria: i tre siciliani Gaspare Mutolo, Giuseppe Marchese e Francesco Messina e i due calabresi Giacomo Lauro e Filippo Barreca.

Lo apprendiamo dalle cinquantasei pagine che compongono l'ordinanza di arresto firmata dal gip di Reggio Calabria, dottor Domenico Ielasi. È il 22 aprile 1993.

Secondo i collaboratori, fu Riina in persona a chiedere alla 'ndrangheta il «favore» di eliminare Scopelliti. E «armare» il commando che ha ucciso il giudice sarebbe spettato ai fratelli Antonio, Peppe e Nino Garonfolo, capi del locale clan di Campo Calabro. I fratelli campesi vengono dunque arrestati ma poi assolti per insufficienza di prove.

Il pentito Messina aggiunge che la stessa sorte sarebbe toccata al giudice di Palmi Agostino Cordova, qualora questi fosse divenuto – come si diceva – procuratore nazionale antimafia.

Nelle quarantadue cartelle dell'ordinanza di rinvio a giudizio per Totò Riina e altri tredici imputati, il giudice per l'udienza preliminare Alberto Cisterna nelle cinque ore di camera di consiglio restringe il campo delle ipotesi come movente dell'omicidio del giudice Scopelliti.

La ricostruzione della causale del delitto è convincente: il teorema Buscetta ha tenuto. È il 31 marzo 1994. L'ordinanza di rinvio a giudizio accerta alcuni elementi sostanziali che aprono le porte alla celebrazione del processo. Due, su tutti.

Primo. Il giudice Scopelliti aveva scelto lui stesso di rappresentare l'accusa nonostante i tentativi di ostacolarlo.

Secondo. Il magistrato era stato ripetutamente minacciato e raggiunto anche da diversi tentativi di corruzione.

Un altro punto di vista

Ma dall'ordinanza emergono sullo sfondo anche aspetti inediti circa presunti legami di Scopelliti con esponenti della corrente «andreottiana» della Democrazia cristiana: l'alto magistrato avrebbe rivelato queste sue relazioni all'amica Antonietta Scopelliti – stesso cognome, come spesso capita dalle parti di Reggio, ma nessuna parentela –, cui il giudice non fece mistero del rapporto di conoscenza con l'ex ministro del Commercio estero Claudio Vitalone, suo compagno di liceo, e con il deputato Ombretta Fumagalli Carulli. Frequentazioni che non vengono considerate rilevanti.

Proviamo, però, a guardare i dati e i fatti anche da un'angolazione diversa: l'omicidio del giudice Scopelliti, che è il primo magistrato di Cassazione ucciso dalla mafia, potrebbe essere letto anche come allineato a quello, avvenuto qualche mese più tardi, il 12 marzo 1992, dell'ex parlamentare europeo democristiano Salvo Lima, l'uomo di Andreotti in Sicilia e al contempo uomo di Cosa Nostra a Bruxelles. Un omicidio che potremmo definire «dimostrativo»: una convergenza d'interessi tra Cosa Nostra, 'ndrangheta e colletti bianchi per recapitare a chi di dovere – a Roma – precisi messaggi. Non va dimenticato infatti che Scopelliti, oltre che per Greco e Calò, aveva chiesto la conferma degli ergastoli anche nel processo contro il boss della Piana di Gioia Tauro Giuseppe Piromalli. E anni prima, sempre in Cassazione, non era stato per nulla clemente nei procedimenti che vedevano coinvolta in un modo o nell'altro la Dc. Richieste mai accolte dal collegio presieduto da Corrado Carnevale.

Mamma riuscì a trovare la forza di seguire qualche udienza del processo per la morte di mio padre, ma il dolore nel ripercorrere quella vicenda era troppo forte e piano piano smise di rinnovarlo. Fu il nostro avvocato di Palermo, lo stesso legale della famiglia Borsellino, a seguire le udienze in cui noi ci eravamo costituiti parte civile e fu lui a darci notizie costanti relative all'andamento del processo.
L'avvocato che, a Reggio Calabria, avrebbe dovuto collaborare con il collega palermitano, una volta preso l'anticipo sul suo onorario iniziò a dare sempre più laconiche notizie di sé, e a un certo punto si diede letteralmente alla macchia facendosi negare al telefono e abbandonando il caso senza alcuna spiegazione.
Come paradossalmente era diventato costume in tutta la vicenda relativa alla morte di papà, appresi la notizia della sentenza di condanna in primo grado per i mandanti del suo assassinio dalla televisione. La mamma era in Calabria; io, poco più che dodicenne, la aspettavo a Roma. Prima ancora che potessi mettermi in contatto con lei, la notizia raggiunse i giornalisti del tg delle 13 e il Paese intero.
Eravamo contente. I boss di Cosa Nostra erano stati condannati anche per questo delitto. Non avevamo mai dubitato della magistratura: in famiglia avevamo avuto l'esempio di papà e perdere fiducia nella giustizia avrebbe significato tradire le sue aspettative.

Processo di Stato
1994-1996

Perché muore Nino Scopelliti

Forse delle primavere del 1994 e del 1995 i reggini ricorderanno il rumore incessante delle pale degli elicotteri di polizia e carabinieri, che ricalcano grandi e piccole ellissi intorno ai quartieri più caldi della città, e i giovani militari dell'esercito a presidiare ogni via e piazza di una città nuovamente blindata. Sembra di essere tornati agli anni della guerra di mafia, invece siamo alle prime battute del processo Scopelliti.

Pur tra mille difficoltà i magistrati della corte d'Assise di Reggio Calabria riescono a celebrare il rito di primo grado in meno di tre anni dal delitto, nonostante la giustizia calabrese conosca iter ben più lunghi. Specie nei procedimenti contro la criminalità organizzata.

Le dichiarazioni dei pentiti raccolte nelle fasi preliminari, molte delle quali concordanti tra loro, tendono a farli ritenere attendibili e a realizzare la convergenza del molteplice.[1] I pubblici ministeri, perciò, ac-

---

[1] La «convergenza del molteplice» è un mezzo di formazione della prova attraverso le dichiarazioni di coimputati o imputati in procedimenti connessi, meglio noti come «collaboratori di giustizia» o «pentiti». Ovvero, se i pentiti sono reputati attendibili, e se le diverse dichiarazioni rilasciate da questi convergono, diventano prova.

La centralità di questo mezzo di formazione probatoria nei processi di mafia è spiegata dal procuratore Gian Carlo Caselli nel brano «L'eredità di Giovanni Falcone», pubblicato nel libro di Francesco La Licata, *Storia di Giovanni Falcone*, Feltrinelli, Milano 2002: «Basterebbe leggere i prov-

creditano la tesi di Falcone e grazie al teorema Buscetta portano a giudizio Riina e altri tredici boss della Cupola.

Una rovina per i capi siciliani: il teorema Buscetta li aveva già fatti condannare nel maxiprocesso e in queste stesse settimane li porta nuovamente a giudizio anche a Palermo per l'omicidio dell'eurodeputato Salvo Lima, il «garante», per dirla con Attilio Bolzoni e Giuseppe D'Avanzo, «dell'equilibrio tra il potere legale e il potere criminale che lo Stato italiano aveva accettato per l'isola».[2] Eliminato perché non era riuscito a garantire l'aggiustamento del maxiprocesso in Cassazione.

A proposito di Lima il giudice Boemi racconta: «L'omicidio di Lima è incredibile, è ancor più grave di quello dei magistrati, perché in Sicilia fu ucciso un uomo dei loro, uno che li aveva sempre serviti fino ad allora e che per anni aveva rappresentato l'anello di congiunzione con il potere romano. Fu la reazione voluta da Riina, perché io credo che il resto della Cupola non sarebbe mai arrivato a tanto. Riina era il capo e quello che diceva il capo si faceva. [...] Il teorema Buscetta è valido: non è possibile uccidere Scopelliti, colpire Falcone, aggredire un politico, perché non è possibile che qualcuno uccida uomini delle istituzioni senza che la Commissione lo sappia».[3]

Quindi, ricapitolando: Nino Scopelliti avrebbe dovuto rappresentare la pubblica accusa nel maxi, ma era no-

---

vedimenti relativi ai vari maxiprocessi per rendersi conto che l'architrave del solidissimo lavoro del pool era la cosiddetta "convergenza del molteplice" a riscontro delle dichiarazioni dei "pentiti", vale a dire che gli elementi probatori a carico di ciascun imputato non erano certamente più consistenti di quelli che – in questi ultimi tempi – sono stati spesso ritenuti non sufficienti per affermare la responsabilità di vari imputati "eccellenti" accusati di collusione con la mafia».

[2] Attilio Bolzoni, Giuseppe D'Avanzo, *Il capo dei capi*, Bur Rizzoli, 2007.

[3] In Appendice la conversazione integrale con Salvatore Boemi.

to fuori e dentro gli ambienti giudiziari come persona incorruttibile, severa, e che, non ultimo, a marzo del 1991 si era nettamente opposto alla linea del presidente Carnevale proprio nel processo del *Rapido 904*, dove era imputato anche il boss della Cupola Pippo Calò. Per di più, lo stesso Scopelliti da tempo chiedeva leggi più solide a tutela dei pentiti, ritenendoli fondamentali al lavoro della magistratura. Pentiti che «quando decidono di collaborare accettano di rischiare tutto, a partire dalla loro stessa vita», aveva detto e scritto più volte il giudice.

La Cupola, perciò, trae le sue conclusioni e decreta l'uccisione del sostituto procuratore generale, magari nel disperato tentativo o di far ritardare la celebrazione dell'ultimo grado di giudizio sul maxi e, di conseguenza far scadere i termini della custodia cautelare; o di rendere possibile, tolto di mezzo l'ostacolo rappresentato da Scopelliti, un avvicendamento in Cassazione con un magistrato requirente più «elastico». Visto e considerato che l'unica certezza era che il collegio giudicante non sarebbe stato presieduto dal dottor Carnevale.

«Si è detto anche» ricorda Boemi «che Giovanni Falcone si interessò affinché si potesse evitare che Carnevale, che più di una volta aveva manifestato i suoi dubbi sulla professionalità dei magistrati siciliani, potesse presiedere anche il maxi Uno. Carnevale aveva accettato di non presiedere quel processo, e dall'altra parte Scopelliti aveva accettato di rappresentarne la pubblica accusa. A quel punto – dicono i collaboratori – Cosa Nostra decise di contattare il giudice, perché il pubblico ministero, "tecnicamente", poteva chiedere l'annullamento del processo. Ma quel signore non ne aveva voluto sentire ragioni.

«Non è stato mai detto, per esempio, che Scopelliti quando legge le carte del processo ha in mano anche i motivi del ricorso in Cassazione, ebbene, i motivi sono compendiati in centinaia di pagine: ne avrebbe potuto tirare fuori uno e chiedere l'annullamento. Non so se sono stato chiaro: centinaia di motivi potevano essere utilizzati per far saltare quello come tanti altri processi in passato. Ma Scopelliti rispose di no.»

Insomma, Cosa Nostra avrebbe tentato di «avvicinare» il giudice Scopelliti, gli avrebbe offerto parecchio denaro per far saltare il processo, e il giudice, sebbene avesse in mano ogni strumento per chiedere facilmente l'annullamento, avrebbe rifiutato. Sono diversi i pentiti ad avvalorare questa versione.[4]

Marino Pulito, uomo d'onore, lo abbiamo visto, della Sacra Corona Unita, in amicizia con Nino Mammoliti, boss di Castellace, racconta di aver chiesto a quest'ultimo una mano per una revisione di giudizio riguardante i fratelli Modeo, imputati in un processo per omicidio. Il Mammoliti aveva replicato di non poterlo aiutare, in quanto impegnato già con i De Stefano nel tentativo di avvicinare Scopelliti per una serie di vicende (presumibilmente sia il maxiprocesso sia il processo contro i De Stefano e i Condello). Mammoliti, secondo Pulito, racconta che non sarebbe stato risparmiato alcun mezzo per convincere il giudice Scopelliti, dalle richieste telefoniche ai tentativi di corruzione in denaro.

Giacomo Lauro, il Diplomatico, braccio destro di Nino Saraceno, a proposito dei tentativi di corruzione dice ai giudici: «L'imbasciata era stata mandata all'avvocato Giorgio De Stefano tramite Nitto Santapaola. [...] Per sopprimere, o meglio, prima per cercare di vedere se potevano ammorbidire il signor giudice Scopelliti, e poi non avendolo potuto ammorbidire, di sopprimerlo. [...] Allora, io so da fonte certa che i palermitani, non so indicare chi, perché questo l'ho saputo dopo

---

[4] Le deposizioni dei pentiti riportate in questo capitolo sono state rilasciate nelle udienze del procedimento penale n. 8/94 a carico di Salvatore Riina + 13, corte d'Assise di Reggio Calabria.

l'omicidio del giudice Scopelliti, quando si fece quella pace».

In seguito, in riferimento alla pace tra lo schieramento dei De Stefano e quello dei Condello, Lauro risponde alla domanda del presidente della Corte: «L'imbasciata la portò Nino Mammoliti, direttamente a Pasquale Condello, e gli ha detto: "Non si deve sparare più se non prima lo dico io". In effetti, lei controllerà tutti gli atti e tutte le casistiche dei morti, non si sparò nel mese di luglio, fino a quando non morì Scopelliti. [...] E poi nel mese di settembre ci fu la spartizione dei territori. [...] Io so che Nino Mammoliti, poi, quando Pasquale Condello nella spartizione ha spiegato i fatti, ha detto che non potevamo fare a meno di fare questa tregua e che non potevamo fare a meno di fare questa pace, perché era interessato ai Corleonesi, e nei Corleonesi si riferiva testualmente a Riina. [...] Mammoliti era affiliato a Cosa Nostra».

Filippo Barreca, capo del clan di Bocale, della periferia Sud di Reggio, ha dichiarato anch'egli che prima dell'uccisione del giudice si tentò di avvicinarlo attraverso l'avvocato Giorgio De Stefano.

Giuseppe Scopelliti, pentito di 'ndrangheta già braccio destro del boss Nino Imerti di Villa San Giovanni, racconta: «Il giudice Scopelliti non si toccava mai e poi mai, perché era risaputo che era molto vicino, non vorrei offendere la memoria del giudice... cioè se non volevano i Garonfolo il giudice non si toccava».

Gaetano Costa, ex vertice della «camera di controllo» di Messina (una sorta di succursale siciliana della 'ndrangheta), riferisce che mentre si trovava detenuto nel carcere di Livorno aveva ricevuto la richiesta da un uomo molto vicino a Riina, Giovambattista Pullarà, del mandamento di Villa Grazia, di avvicinare Scopelliti allo scopo di ottenere un aiuto per il maxiprocesso. Costa lo aveva indirizzato verso Giuseppe Piromalli per il tramite del cognato a Gioia Tauro. Pullarà disse poi a Costa che il giudice era stato raggiunto, ma che si era mostrato sordo a ogni richiesta di aiuto e a quel punto la sua morte era diventata inevitabile.

Successivamente, nel carcere di Cuneo, Giuseppe Lucchese chiarirà a Costa che non fu risparmiato alcuno sforzo per convincere il giudice Scopelliti, fino al punto da inviargli a casa tale Ciccio Tagliavia, senza riuscire a ottenere alcunché. Sempre Costa dirà di aver appreso che negli ambienti di Cosa Nostra si poteva contare sull'appoggio di esponenti politici quali Andreotti e Lima, e che il giudice Carnevale costituiva una garanzia assoluta in Cassazione.

Salvatore Cancemi, del mandamento di Porta Nuova, interrogato dal pm in udienza dichiara: «Più volte ho avuto occasione di sentire il signor Riina [...] si voleva giocare i denti per arrivare in Cassazione, per avere un risultato positivo di quella sentenza. E lui diceva spessissimo: "Io sto facendo di tutto per arrivare". [...] Poi Riina ha saputo che questo processo non ce lo stavano facendo fare al dottor Carnevale e ci ha suggerito [...] di vedere di farlo fare a sezioni unite».

Giuseppe Marchese, cognato di Leoluca Bagarella, a sua volta cognato di Riina, racconta che ai tempi della sua permanenza nel carcere di Voghera, dove era detenuto con il fratello Antonino, seppe da questi che il giudice Scopelliti era stato ucciso a causa del suo atteggiamento rigido e della sua indisponibilità a qualsiasi tentativo di avvicinamento.

Udienza dopo udienza

Proseguono i lavori dibattimentali. Reggio Calabria è divenuta ormai da mesi la capitale mediatica dei processi di mafia (anche se qualche udienza, come vedremo più avanti, ha visto per motivi di sicurezza l'intera Corte trasferirsi in un'aula del carcere di Padova).

A sfilare di fronte alla corte d'Assise reggina saranno i più importanti boss di Cosa Nostra, imputati e pentiti, e le più alte sfere delle istituzioni del tempo, dall'ormai ex ministro Martelli al futuro capo della Polizia Antonio Manganelli, dal presidente della Prima sezione penale della Cassazione, Corrado Carnevale, al procuratore generale della Suprema corte, Vittorio Sgroi. A proposito del giudice Sgroi, racconta oggi Salvatore Boemi: «La cosa che mi colpì di più fu la testimonianza più pregnante del processo, quella resa dal procuratore generale, il quale disse "chi" era Scopelliti, cosa rappresentava in quell'ufficio, come era considerato dai colleghi. Si comprese perché Cosa Nostra uccide quelle persone che possono rappresentare, per la loro indipendenza, l'onestà, la correttezza, qualcosa di veramente pericoloso».[5]

Un processo storico. Basti pensare che, oltre allo stesso Totò Riina (catturato il 15 gennaio 1993 dagli uomini del capitano Ultimo), il 6 marzo 1995 è chiamato a deporre in aula di fronte ai giudici calabresi anche il senatore a vita Giulio Andreotti. Notizia singolare è che il sette volte presidente del Consiglio non è convocato a Reggio dalla pubblica accusa o dai giudici dell'Assise, bensì dalla difesa di Riina, come testimone.

Ad Andreotti il pubblico ministero rivolge solo quattro domande, per cinque minuti complessivi o poco più. È la prima volta che il senatore viene ascoltato in un processo di mafia. Risponderà alle domande dei giudici senza grosse sorprese.

A margine del processo, da un piccolo ufficio del tribunale di piazza Castello, Andreotti risponde ai cronisti, commentando anche lo strano suicidio, avvenuto il 4 marzo 1995, del maresciallo dei carabinieri Antonino

---

[5] In Appendice la conversazione integrale con Salvatore Boemi.

Lombardo:[6] «Purtroppo comprendo benissimo la reazione del maresciallo Lombardo. Io non ho mai pensato al suicidio, ma soltanto perché ho la fede religiosa che mi consente di mantenere una serenità che altrimenti avrei già smarrito».[7]

---

[6] «[...] Un'altra brutta storia, uno dei tanti capitoli della ormai lunga vicenda dei veleni palermitani. Il maresciallo Lombardo, comandante della stazione dei carabinieri di Terrasini, era un uomo importante per l'Arma, che gli aveva assegnato un compito delicatissimo: convincere Gaetano Badalamenti, l'unico boss della fazione perdente che Riina non riuscì a eliminare, ad accettare il trasferimento in Italia dal carcere di Marion, nell'Illinois, dove sta scontando la condanna a quarantacinque anni per la Pizza Connection. Eccola, questa brutta storia. Il 23 febbraio 1995 durante una puntata della trasmissione *Tempo reale* di Michele Santoro, il sindaco di Palermo Leoluca Orlando e il sindaco di Terrasini Manlio Mele, anche lui della Rete, accusano pubblicamente il sottufficiale di collusione con Cosa Nostra. [...] Tra la denuncia pubblica di Leoluca Orlando e il suicidio avvengono tre episodi che evidentemente portano il maresciallo alla disperazione assoluta. Gli viene revocato l'incarico di trattare con Badalamenti, occasione irripetibile per lui per un avanzamento di carriera. Cosa Nostra gli manda un terribile avvertimento: Francesco Brugnano, proprio quello che avrebbe organizzato l'incontro tra Lombardo e Siino, viene assassinato e il suo cadavere viene lasciato in un'auto parcheggiata a Terrasini. Non è tutto: qualche giorno dopo, nell'ufficio del procuratore aggiunto Luigi Croce, si incontrano casualmente il pubblico ministero Ignazio De Francisci, incaricato di indagare sulle accuse di Leoluca Orlando, e il capitano Giovanni Baudo. Dal colloquio l'ufficiale trae l'impressione che per Lombardo le cose si mettano male. Se le cose stanno così, è facile intuire lo stato d'animo che porta il maresciallo al suicidio. Si sente abbandonato dai superiori, che non lo difendono dalle accuse del sindaco di Palermo, teme di essere ucciso dalla mafia o, ancora peggio per un sottufficiale dell'Arma, di finire in carcere con l'etichetta di traditore. Prima di spararsi, scrive una lettera di fuoco: "Mi sono ucciso per non dare la soddisfazione a chi di competenza di farmi ammazzare o di farmi passare per venduto e principalmente per non mettere in pericolo mia moglie e i miei figli che sono tutta la mia vita. Non ho nulla da rimproverarmi poiché sono stato fedele all'Arma per trentuno anni e, malgrado io sia arrivato a questo punto, rifarei tutto quello che ho fatto. La chiave della mia delegittimazione sta nei viaggi americani".» (Sandro Acciari, *Suicidio Lombardo, nastri e misteri*, «Corriere della Sera», 27 novembre 1997.)

[7] Enzo D'Errico, *Andreotti: solo la fede mi ha salvato dal suicidio*, «Corriere della Sera», 7 marzo 1995.

A ogni udienza è presente Francesco Scopelliti, fratello del giudice. Mentre la cronaca del tempo racconta di un episodio riguardante la sorella, Rosetta: seppur convocata a un'udienza, non si è presentata in aula e i giudici avrebbero valutato anche l'ipotesi di richiedere l'accompagnamento coatto.[8]

Una strana battuta d'arresto

16 luglio 1995. Proprio il giorno prima che il pm Giuseppe Verzera avrebbe dovuto sostenere la requisitoria contro Totò Riina nel processo in corte d'Assise, avviene quello che può essere definito il «colpo di scena», ciò che niente e nessuno poteva immaginare: viene tratto in arresto il presidente della corte d'Assise di Reggio Calabria Giacomo Foti.

Un episodio che va a infittire ancora di più le zone d'ombra che avvolgono il caso Scopelliti, perché l'arresto del presidente comporta l'azzeramento del processo per l'uccisione del giudice di Cassazione nonché di tutti i procedimenti pendenti in corte d'Assise e il blocco anche del Tribunale delle misure di prevenzione di Reggio Calabria, presieduto dallo stesso Foti. Non si ricordano eventi simili nell'intera storia giudiziaria italiana.

Si pensi che per garantire la continuità dei dibattimenti in corso sarebbe semplicemente bastato che la corte d'Assise disponesse di un presidente aggiunto.

Quanto a Foti, l'accusa mossagli contro è forse la peggiore che possa raggiungere un magistrato: presunta collusione con la 'ndrangheta.

Le manette ai polsi del magistrato reggino scattano nell'ambito dell'inchiesta Carceri e champagne, dalla quale

---

[8] *Martelli e Carnevale assenti. «Devo chiamare i carabinieri?»*, «la Repubblica», 23 ottobre 1994.

vengono fuori presunti «compromessi» tra Foti e Paolo De Stefano. Ad accusare Foti sono il pentito Giacomo Lauro e un nuovo collaborante: il notaio Pietro Marrapodi, che il 28 maggio 1996 verrà trovato suicida nel garage di casa. Una matassa che definire ingarbugliata sarebbe un eufemismo, visto che intreccia 'ndrangheta, affari e logge massoniche. Con l'ombra sempre più ingombrante di quella P2 che annoverava suoi associati anche a Reggio e dintorni.

Ecco cosa scrive «la Repubblica»:

> REGGIO CALABRIA – Il giudice chiudeva un occhio, il direttore del carcere tutti e due. L'amico appaltatore, accreditato presso servizi e antimafia per costruire caserme e impianti di sicurezza, faceva da tramite coi mafiosi e procurava i quattrini per tutti. Questo il patto scellerato che regnava a Reggio secondo i magistrati di Messina. E il vecchio carcere San Pietro di Reggio Calabria trasformato in grand hotel. Aragoste e champagne per i boss e donnine durante le festicciole. Poi c'era quella cella-suite, la numero 11, diventata la centrale operativa di don Paolino De Stefano, boss di Reggio e dintorni, che lì riceveva chi voleva e teneva vertici di 'ndrangheta. Scattano ora le manette, le prime in un'inchiesta nata insieme a quella che coinvolge circa cinquecento persone a Reggio Calabria. La procura antimafia di Messina ha fatto arrestare Giacomo Foti, potentissimo presidente di corte d'Assise, che i pentiti indicano come referente delle cosche negli anni in cui, dal 1976 al 1985, era giudice di sorveglianza. Decideva permessi, trasferimenti e «licenze» varie all'interno del carcere di Reggio. Prima conseguenza dell'arresto «eccellente», l'azzeramento di due importanti processi: quello per l'uccisione del giudice Antonino Scopelliti, imputati Totò Riina e compagnia mafiosa, e quello sulla morte dell'ex presidente delle Ferrovie, Lodovico Ligato. Quella «suite» numero 11 che ospitava don Paolino. Imputati eccellenti, intoccabili in cella: per Reggio è la resa dei conti. Con Foti finiscono in manette l'ex direttore del carcere della 'ndrangheta, Raffaele Barcella (ch'era stato già arrestato nel 1986, ma era poi diven-

tato ispettore delle case circondariali del Veneto nonostante un rinvio a giudizio disposto dal giudice Enzo Macrì), e l'imprenditore principe di Reggio Calabria, Antonio D'Agostino, fiduciario del ministero dell'Interno e dei carabinieri (ha costruito la sede della Dia di Reggio Calabria, la scuola dei carabinieri, varie caserme nella Locride, carceri e altro ancora, nonostante il suo nome fosse da tempo chiacchierato). Accuse gravissime per tutti, associazione a delinquere di stampo mafioso. I magistrati della procura distrettuale di Messina vanno giù pesante, il gip Carmelo Curcuruto accoglie le richieste. Il giudice Foti aveva sì provato a fare il giudice. Ma un detenuto gli rovesciò addosso una macchina da scrivere e lui si mise sotto la protezione del boss. E il boss, sempre secondo l'accusa, l'avrebbe aiutato a far cambiare la destinazione d'uso di un suo terreno su cui poi l'imprenditore amico costruì un villaggio turistico. Tutto questo, dicono i pentiti, avveniva agli inizi degli anni Ottanta. D'Agostino, con la Edil Bonetti Color realizzò il Bonetti Park a Condofuri, anche su terreni del giudice Foti, e grazie all'intervento del magistrato di sorveglianza poté utilizzare detenuti del carcere di Reggio con «permesso di lavoro». Giudice, imprenditore e direttore del carcere, soprattutto, erano i garanti di quella gestione allegra del San Pietro. Addirittura il direttore Barcella fece di tutto per non far trasferire don Paolo De Stefano. Grazie a D'Agostino venne portata in carcere una pistola che venne poi ritrovata «per merito» del boss, la cui presenza, scrisse Barcella, era allora necessaria per garantire ordine e sicurezza. Perché meravigliarsi? Così andavano le cose. Il boss De Stefano era il vero padrone dell'istituto di pena. Una notte «convocò» il magistrato di sorveglianza: c'erano boss e gregari di cosche avversarie da mandare via. Il carcere venne svuotato. Il notaio Pietro Marrapodi, massone e mafioso pentito, è il primo accusatore. A lui si aggiunge Giacomo Lauro, il pentito Alfa, gran consigliori del clan De Stefano. E a corollario arrivano le dichiarazioni di Antonio Serpa. E poi ci sono carte, atti notarili, dichiarazioni dei secondini che dovevano subire in silenzio l'arroganza di

> mafiosi e del loro dirigente. Il patto della 'ndrangheta con massoni e piduisti. Cominciano così ad affiorare scenari di massomafia. Massone era Marrapodi, «fratello» importante in quella loggia Logoteta che imbarcò i mafiosi con la «Santa», il nuovo grado che consentiva agli uomini dei clan rapporti al di fuori delle «regole sociali». Massone e piduista era D'Agostino, chiamato ingegnere, in passato modesto geometra di Lamezia Terme, pregiudicato per svariati reati e caposaldo, secondo i magistrati reggini che per primi hanno indagato su di lui, di innumerevoli intrecci affaristici nella provincia di Reggio. D'Agostino, insomma, si presenta come l'imprenditore contiguo alla mafia, abile ed esperto, corruttore di pubblici impiegati, anello di collegamento tra svariate aggregazioni, dalla massoneria alle istituzioni ai servizi di sicurezza. Sapeva di dovere essere arrestato, l'ingegner D'Agostino, e voleva evitare di finire in cella. Si era presentato sabato mattina negli uffici della Direzione nazionale antimafia a Roma offrendo la sua collaborazione. «Sono qua, non voglio andare in carcere, voglio parlare.» È stato rimandato a casa dove ieri mattina gli hanno messo i ferri ai polsi, quasi contemporaneamente al suo amico Barcella. Foti si è presentato alla Dia di Reggio sapendo di essere ricercato.[9]

«L'arresto di Foti era necessario perché sarebbe potuto esistere pericolo di continuità del reato» fanno sapere i magistrati messinesi (competenti sulle indagini riguardanti i magistrati di Reggio Calabria). Ma è bene precisare tre cose.

Uno: se le ipotesi di reato contestate al presidente Foti risalirebbero a vicende legate agli anni Ottanta, era proprio necessario ricorrere alla misura dell'arresto? Non c'era alcun pericolo di fuga, né, trattandosi di fatti pregressi, vi sarebbe stato il rischio di inquinamento delle prove.

---

[9] Pantaleone Sergi, *In cella il giudice dei maxiprocessi*, «la Repubblica», 17 luglio 1995.

Due: i presunti illeciti contestati al giudice reggino sarebbero da riferirsi al suo ruolo al tribunale di sorveglianza fino al 1985 e non a quello di presidente della corte d'Assise.

Tre: oltre al danno anche la beffa, visto che nel febbraio 1997 il Tribunale di Messina proscioglierà il magistrato da ogni accusa.

Un arresto, dunque, che non ha solo distrutto l'immagine e la carriera di Foti, ma che ha anche comportato, fatto gravissimo, l'azzeramento di tutti i processi in corso a Reggio Calabria.

Commenta, oggi, Boemi: «Ormai, per un mio modo di fare, cerco di leggere il meno possibile e ragionare un po' di più. Il fatto storicamente imbarazzante – e che non posso non rilevare – fu che il processo Scopelliti, quello contro Riina e la Cupola siciliana, venne rinviato a nuovo ruolo, per un fatto atipico, poiché un giorno prima che iniziasse la requisitoria, venne tratto in arresto il presidente della corte d'Assise di Reggio Calabria, dottor Foti. In buona sostanza, il processo fu celebrato due volte.

«Il processo durò quindi troppo. Pensate a due Corti, e soprattutto a dover rifare tutto, perché con l'arresto del presidente il primo processo è come se non ci fosse mai stato.

Il gip di Messina aveva emesso il mandato di cattura proprio il giorno prima che iniziasse la requisitoria. Il dottor Foti venne quindi arrestato, processato per associazione mafiosa con il casato dei De Stefano e poi assolto dal Tribunale di Messina».

In nome del popolo italiano

Il primo processo per l'uccisione del giudice Antonino Scopelliti, con nuovo ruolo e nuovo presidente, volge al termine l'11 maggio 1996. Il bilancio complessivo è di dieci ergastoli e tre assoluzioni.

Dopo quindici ore di camera di consiglio i magistrati della corte d'Assise di Reggio Calabria, presieduta dal giudice Paolo Bruno, condannano all'ergastolo Salvatore Riina, Giuseppe Calò, Bernardo Brusca, Giacomo Giuseppe Gambino, Giuseppe Lucchese, Pietro Aglieri, Salvatore Montalto, Salvatore Buscemi e Antonio Geraci, ritenenuti mandanti dell'omicidio del sostituto procuratore generale della corte di Cassazione Antonino Scopelliti.

Scrivono i giudici della corte d'Assise di Reggio Calabria, nelle duecentoventuno pagine che compongono la sentenza:

> Dalla vicenda processuale si ricava che un uomo delle istituzioni è morto perché, essendo stato richiesto di venire meno ai suoi doveri e di strumentalizzare la sua alta posizione professionale e lo stesso esercizio delle sue delicatissime funzioni giudiziarie, rifiutò categoricamente di assoggettarsi a tale pretesa.
> Il fatto delittuoso costituì la rabbiosa reazione al fallimento del tentativo di assicurarsi l'illecita disponibilità di un servitore dello Stato.
> L'omicidio oltre che a scopo di rappresaglia sarebbe dovuto servire a coltivare ulteriormente quel vasto programma volto a impedire un corretto e sereno svolgimento della funzione giurisdizionale nel maxiprocesso e ad assicurare agli imputati ed alla loro organizzazione la sottrazione alla pretesa punitiva statale.

Vengono assolti, per non aver commesso il fatto, Antonino Rotolo, Procopio Di Maggio e Giuseppe Bono.

Alla lettura della sentenza nessuno degli imputati è presente in aula. C'è però il fratello della vittima, Francesco, che dopo la lettura del dispositivo di condanna non riesce a trattenere le lacrime.

È visibile la soddisfazione anche del procuratore aggiunto Salvatore Boemi, che detta ai taccuini dei tanti cronisti presenti a Reggio: «La sentenza ci soddisfa doppiamente, sia perché è stato accolto l'impianto accusatorio, sia perché da stasera Scopelliti è morto una volta sola».[10]

Fermi tutti: e la 'ndrangheta?

Ma è prematuro cantare vittoria. Sì, abbiamo una sentenza di condanna di primo grado che dice che il giudice Scopelliti è stato ucciso su mandato di Cosa Nostra. Giusto. E abbiamo tutte le dichiarazioni dei pentiti – intorno alle quali è stata formulata l'accusa – a dimostrarlo.

Quegli stessi pentiti, però, hanno parlato anche di altro. Ovvero del ruolo che la 'ndrangheta avrebbe avuto in tutta la vicenda: dai tentativi di avvicinamento e di corruzione del sostituto procuratore, a quella che poi sarebbe stata l'organizzazione e la realizzazione del delitto. Quella seconda corsia della strada tracciata da Falcone, insomma, e che questa sentenza non ha esplorato.

Eppure i punti fermi che hanno portato alle accuse in primo grado confermano, in ogni loro sfaccettatura, un versante calabrese: i magistrati dicono che a uccidere Scopelliti sono stati sicuramente uomini delle 'ndrine, in quanto nessuno avrebbe mai osato valicare i confini e uccidere un magistrato in Calabria se non ci fosse stato l'assenso dei clan locali; dall'Assise reggina arriva anche la conferma che la seconda guerra di mafia di Reggio Calabria termina con l'omicidio del giudice Scopelliti.

Tra l'altro, scorrendo le deposizioni dei pentiti, le udienze dibattimentali, le pagine della sentenza e confrontando le varie versioni si fanno nomi, si raccontano incontri, si svelano confidenze.

---

[10] *Processo Scopelliti: dieci ergastoli*, «la Repubblica», 12 maggio 1996.

A questo punto sembrerebbe ragionevole ipotizzare che la procura reggina voglia raccogliere ogni elemento utile per istruire anche un secondo processo, che vada a ricercare gli interlocutori di Cosa Nostra e gli esecutori materiali del delitto. E invece tutto quel filone investigativo resta lettera morta.

E resta sospeso un ulteriore dilemma. Se, come riferiscono gli stessi pentiti, si sarebbero verificati diversi tentativi di corruzione del giudice, perché allora non risulta alcuna denuncia ufficiale da parte sua?

Le motivazioni della sentenza provano a trovare una probabile spiegazione a questo interrogativo. Scrivono i giudici della corte d'Assise:

> È lecito allora chiedersi per quale motivo costui si sia abbandonato a una sorta di fatalistica rassegnazione, così andando incontro a un destino ineluttabile, e non abbia invece fatto alcuna delle cose che pure erano possibili (denuncia alle autorità competenti, richiesta di protezione alle forze dell'ordine, rivelazione alle persone più vicine, a futura memoria, di ogni particolare utile ad individuare gli esatti termini della vicenda che stava vivendo e a perseguire i soggetti responsabili).
> Si tratta di un interrogativo, è bene precisarlo, cui non è possibile fornire risposte completamente appaganti. La corretta individuazione dei motivi che spinsero il magistrato a quell'atteggiamento richiederebbe infatti un'indagine introspettiva che a nessun giudice è possibile attenendo ad aspetti imperscrutabili dell'animo umano. [...] Si può ipotizzare che lo Scopelliti abbia preferito rischiare la vita piuttosto che ammettere, per altro nella consapevolezza di non aver compiuto alcun gesto contrario ai suoi doveri, di non essere riuscito a impedire che persone così lontane dal suo mondo e dai suoi valori gli fossero arrivate così vicine.

Così vicine.

Per molto tempo capitò che a casa venissero fatte delle perquisizioni.
Ricordo un pomeriggio, in particolare. Stavo facendo i compiti ed ero sola in casa: mamma era dall'avvocato. Suonò il campanello: dietro la porta sentii un mormorio di uomini e donne. Ebbi paura e chiesi, camuffando la voce: «Chi è?». «Polizia. Vorremmo parlare con la mamma, ci apri?»
La prudenza e la cautela, dopo l'assassinio di papà, si erano radicate in me: quella che era stata un'educazione era divenuta un istinto. Ero ancora una bambina, ma ero sempre guardinga e sempre pronta a uno stato di allerta.
«Chiamo la mamma.» Bluffai, non potevo lasciar trapelare che ero sola a casa.
«Se guardi dallo spioncino ti facciamo vedere i distintivi.» Non mi fidavo. Telefonai a mia madre: concordammo che avrei invitato gli agenti ad attendere il suo ritorno al bar sotto casa.
Quando finalmente i poliziotti poterono varcare la soglia di casa tutto mi aspettavo, fuorché i complimenti per come avevo gestito la situazione.
In quell'occasione rimasero a frugare per casa tra armadi e librerie per ore cercando qualche carta di papà. Con scarsi risultati: mio padre teneva ben separato il lavoro dalla vita privata.
Spesso venivano a trovarci degli agenti della Dia: si informavano sulle abitudini di papà, portavano via qualche oggetto...
Erano gentili, ricordo, rassicuranti. La loro presenza scacciava per un po' via la paura: forse loro avrebbero potuto impedire che anche mamma venisse uccisa.

Le tre facce della medaglia

Totò Riina show

Rileggendo gli incartamenti processuali e incrociandoli con la cronaca del tempo si ha l'impressione che la solennità di un'aula giudiziaria venga meno e si entri nel vivo di una sceneggiatura teatrale, dove ognuno recita la sua parte e dove finisce per perdere di vista l'orizzonte.

I riflettori puntano, sin dalle prime battute processuali, su Totò Riina, il grande protagonista. L'imputato numero uno.

28 marzo 1994. Primo atto. L'avvocato Alessandro Scalfari, noto penalista reggino e componente del collegio difensivo di Riina, presenta al giudice dell'udienza preliminare Alberto Cisterna una richiesta di autorizzazione per l'accesso di un notaio alle carceri dell'Ucciardone, dove è detenuto il boss corleonese.

Nell'aula del tribunale reggino i boss della Cupola palermitana assistono increduli all'insolita richiesta avanzata dall'avvocato.

A cosa servirà mai un notaio al capo dei capi? La risposta è di quelle che aiutano a interpretare e approfondire anche i contorni del personaggio Riina: tale autorizzazione servirà a far redarre al boss di Cosa Nostra una procura speciale per consentirgli di convolare nuovamente a nozze con la moglie, Ninetta Bagarella. I due, come si sa, sono già uniti in rito religioso dal 1974, allorché in quella stessa Cinisi dove era nato e cresciuto Peppino Impastato, don Agostino Coppola (il prete mafioso, cugino di Frank Tre Dita) celebrò il matrimonio presentando al cospetto del Signore un giovane Salvatore Riina già latitante. Adesso il capo dei Corleonesi ha manifestato il desiderio di regolarizzare quella unione anche sul piano civile.

Tutto d'un tratto, come in un gioco delle parti, il capo dei capi decide di tenere egli stesso la sua arringa difensiva: «Signor giudice, la latitanza fu una necessità. Ero sfiduciato, avevo fatto sei anni di carcere e a casa mia, quando sono tornato, non avevo neppure un chiodo per appendere la camicia». E nonostante la latitanza sofferta, il capo dei capi, da buon padre di famiglia, tra un affare e l'altro riesce a trovare anche il tempo per lavorare. «Sono stato tra Palermo e Trapani e ho sempre lavorato sotto falso nome. [...]

«Deve sapere, signor giudice, che sono stato arrestato nel 1963 e sono rimasto in carcere fino al 1969, quando la corte d'Assise di Bari mi ha assolto. Volevo rimanere in Puglia, avevo chiesto la residenza a Bitonto, ma la polizia mi fece rientrare a Corleone con un foglio di via. Mi arrestarono nuovamente, mi condannarono a quattro anni di soggiorno obbligato a San Giovanni in Persiceto, in provincia di Bologna. Ebbi due giorni di permesso, prima di raggiungere il soggiorno, e ne approfittai per darmi alla latitanza.»

Insomma, un perseguitato. Non come quei pentiti che «più mi accusano e più vengono pagati, più hanno benefici».

24 maggio 1994. Secondo atto. Durante una pausa del processo, assente il presidente Giacomo Foti e i giudici popolari, Riina, solo in gabbia, scambia qualche battuta con il giornalista della «Gazzetta del Sud» Paolo Pollichieni, subito allontanato dai carabinieri assieme ad alcuni colleghi.

Boemi, che con il sostituto Giuseppe Verzera rappresenta la pubblica accusa, autorizza tutti i giornalisti presenti in aula a raccogliere le eventuali dichiarazioni di Riina.

È un'occasione irripetibile per Riina, che in pochi secondi riesce ad averne per tutti. Minaccia i pentiti, il loro avvocato Luigi Li Gotti, e poi «i comunisti» Luciano Violante, Gian Carlo Caselli e Pino Arlacchi, ritenuti responsabili di un complotto contro di lui: «Sono tutti una combriccola, che portano avanti queste cose».

E da qui anche un «consiglio» al neo presidente del Consiglio Silvio Berlusconi: «Questo nuovo Governo si deve guardare da questi attacchi comunisti».

In ultimo una considerazione sui pentiti («la legge sui pentiti deve essere abolita [perché] i pentiti si inventano tutto... io sono un po' come il "caso Tortora"») e sul regime del 41 bis, attraverso il quale i magistrati – a suo dire – vorrebbero indurlo a pentirsi: «Vivo isolato in carcere da sedici mesi... Mi trattano come un cane, ma nemmeno i cani vivono come vivo io: sono isolato».

Le parole di Riina provocano un vero e proprio terremoto mediatico, e Boemi diviene il capro espiatorio di tutta la questione. Al punto che il ministro di Grazia e giustizia, Alfredo Biondi, si rivolgerà al Csm chiedendo che sia promossa un'azione disciplinare. Annuncio dato mediante nota stampa diffusa direttamente dagli uffici di via Arenula.

«È il primo avviso di garanzia diffuso elettronicamente» sorride il procuratore aggiunto di Reggio Calabria, commentando il provvedimento. «Io, infatti, non ho avuto alcuna comunicazione ufficiale: l'ho letto su Televideo, quando la prassi prevede la comunicazione in doppia busta chiusa, che viene consegnata dal capo dell'ufficio, perché neppure la segretaria o l'autista sappiano niente.»[1]

---

[1] Pantaleone Sergi, *Show di Riina, punite il giudice*, «la Repubblica», 12 giugno 1994.

E ancora, «sono stato io ad autorizzare i giornalisti a parlare con Riina perché non esiste l'isolamento in aula. È un fatto di democrazia. Mi si indichi quale norma è stata violata».

Mi racconta oggi Boemi:[2] «Pensavo in verità di aver reso un ulteriore servizio allo Stato democratico, perché i mafiosi conviene sempre farli parlare. E lo sostenni anche davanti agli ispettori, che mi avrebbero dovuto ringraziare: "Ditelo al ministro, perché adesso con quello che ha detto Riina certamente nessuno penserà di cancellare il 41bis dal nostro ordinamento. Voi adesso avete la possibilità non di confermarlo, ma di tramutarlo in una legge dello Stato". Se non la vuole Riina una cosa, lo Stato la fa e la rende definitiva».

Invece questo Paese spesso funziona al contrario. Un colpevole ce l'ha già: è quel Boemi che, come se non bastasse l'importante carico di lavoro della direzione antimafia reggina, ha dovuto pure trovare il tempo per difendersi di fronte ai giudici del Consiglio superiore della magistratura. Come andrà a finire? Sarà assolto, ovviamente.

Alla fine i buoni vincono sempre.

I pentiti in sciopero

Che questo sia stato un processo cui si è giunti con fatica è un dato di fatto.

Oltre alle performance del capo dei capi, i magistrati reggini si trovano alle prese con un'altra vicenda: i pentiti reclamano più sicurezza. Non si sentono al sicuro e, per di più, lamentano anomalie e circostanze paradossali.

---

[2] In Appendice la conversazione integrale con Salvatore Boemi.

La strada per arrivare alla verità, che pareva spianata, si restringe e conduce a vicoli ciechi: sin dall'udienza preliminare a dominare la scena è il personaggio Riina, non l'imputato Riina; ora quei pentiti che sono i veri protagonisti del processo minacciano scena muta.

Come abbiamo visto, è un periodo in cui le procure di tutta Italia ricorrono con frequenza all'ausilio dei collaboratori di giustizia, spesso determinanti per l'esito di numerose indagini e processi contro la criminalità organizzata. «Sarebbe come consegnare la marmellata nelle mani di Cosa Nostra» dice qualcuno di loro a proposito di un'eventuale presenza in aula a Reggio Calabria.

A quel punto il processo viene trasferito in via eccezionale a Padova, per consentire l'escussione dei pentiti in condizioni di maggiore sicurezza. Una trasferta costata parecchi milioni di lire, considerato che ad affrontare questo viaggio di milletrecento chilometri era stata un'intera Corte, composta da presidente, giudici popolari, pubblici ministeri, eccetera.

Il 17 ottobre 1994, nella superaccessoriata aula bunker del carcere Due Palazzi di Padova, prende il via il processo contro Riina Salvatore + 13.

Si dà atto che il procedimento e la relativa verbalizzazione hanno inizio alle ore 10.30. Si procede all'appello. Poi il pubblico ministero chiama il collaboratore di giustizia Giacomo Lauro.

«Signor Presidente,» esordisce il teste «io mi avvalgo in questo momento della facoltà di non rispondere, non per vizi o capricci, ma perché ci sono dei problemi con il Servizio centrale di protezione che sono molto delicati. Riteniamo opportuno che questa Corte sia la più adatta a intervenire con decisione, perché siamo stati completamente abbandonati.»

È così che Giacomo Lauro apre, in udienza, il primo sciopero dei pentiti.

Anomala ed eclatante forma di protesta dei collaboratori di giustizia, i quali lamentano gravi «abbandoni» da parte del Servizio centrale di protezione, costituito in seno al ministero degli Interni.

Un'autentica sorpresa, inaspettata, che sembra trovare impreparata l'intera Corte. A partire dal suo presidente, Foti, il quale, sempre in udienza, risponde al pentito: «Non discuto sulle vostre esigenze che sono anche delicate e difficili. Però noi qui stiamo facendo un processo. Il processo è una cosa di grande importanza per quello di cui si discute. Io vi inviterei a scindere queste due situazioni. Ho il dovere di segnalarvi che c'è una Corte che viene da Reggio Calabria, che ha fatto più di mille chilometri, che costa allo Stato parecchi milioni. Ci sono avvocati che sono venuti anche loro da sedi lontane per sentire voi».

«Questa vostra decisione» incalza il giudice «mi impone di invitarvi a riflettere su questa posizione che intendete assumere in relazione a tutto quello che noi abbiamo fatto per arrivare qui e a tutti quei disagi che abbiamo affrontato. Nel rispetto di un principio di giustizia che vuole che se lei è informato dei fatti che interessano la Corte ha il dovere di dirlo. Io la invito a riflettere, se lei mantiene questa posizione non possiamo che prenderne atto.»

E qui Lauro, il «diplomatico», forte dei microfoni e dei taccuini di cronisti di mezzo stivale, lancia la sua stoccata: «È una decisione molto sofferta, abbiamo tentato tutte le strade, anche con dei colloqui formali con il Servizio centrale, ma evidentemente da quell'orecchio non ci sentono».

«Noi riteniamo che ci sia in atto una strategia di abbandono.» Ma non è finita: «Non abbiamo nessun documento di copertura e sono già due anni che collaboriamo. Viaggiamo col foglio di viaggio. Siamo qui oggi e abbiamo dovuto timbrare che siamo qui. Mi hanno dato nuovi documenti palesemente falsi e glieli ho restituiti spiegando che so fare di meglio».[3] Sic.

Medesima posizione sarà assunta da Filippo Barreca, Marino Pulito e, nelle successive udienze, da Giovanni Drago e altri pentiti e indagati di reato connesso: si avvalgono tutti della facoltà di non rispondere.

Pulito, pezzo grosso della Sacra Corona Unita, si sfoga: «Vado ai processi a spese mie. E l'altra volta a Firenze non avevo i soldi per pagare l'albergo...».[4]

E alla fine si lascia andare anche il presidente Giacomo Foti, con i cronisti questa volta: «Non siamo venuti a Padova per vedere il panorama, anche se è bello...». E non usa mezzi termini per dare un giudizio su questo sciopero dei pentiti che avrebbero dovuto testimoniare nel processo per l'omicidio del giudice Scopelliti, il quale, va ricordato, aveva più volte chiesto garanzie certe di tutela per i collaboratori di giustizia.

La notizia entra nel dibattito politico nazionale. Da Roma l'allora direttore della Criminalpol Gianni De Gennaro a proposito della presenza nelle aule dei processi dei collaboratori fa sapere: «Il problema delle traduzioni deve essere affrontato con la cooperazione di tutti. Bisogna ridurre al minimo l'esposizione al rischio dei collaboratori». E i videocollegamenti? «Sono previsti dalla legislazione. Devono essere disposti dall'autorità giudiziaria».

Il fatto è che gran parte dei pentiti convocati in aula (Tommaso Buscetta, Marino Mannoia, Totuccio Contorno e altri) non sono arrivati a Padova, e ci piacerebbe capire a quali vertici istituzionali possa ascriversi tale responsabilità. All'alba del processo l'agenda delle udienze la stabiliscono i pentiti.

---

[3] Corte d'Assise di Reggio Calabria, Proc. nr. 8/94 R.G. Assise – nr. 29/93 R.G.N.R. – Padova, 17 ottobre 1994.

[4] *Ibidem*.

Nonostante ciò, alcuni riscontrano riferimenti a «spese miliardarie» nei capitoli di bilancio della giustizia reggina per attività di viaggi e collegamenti via satellite (Buscetta, Mannoia e Contorno hanno testimoniato da località segrete).

Di sicuro avrà suscitato un certo effetto vedere sfilare quella staffetta di pentiti fino a poco tempo prima così loquaci e poi improvvisamente muti.

Persino Totò Riina, presente in aula con Pippo Calò e Giuseppe Lucchese, sembra contrariato, e commenta con il suo legale: «Ha visto? Sono i soliti tragediatori. Ve lo avevo detto che i pentiti aprono bocca solo per soldi. Come fanno i giudici a prendere sul serio le loro accuse?».

Il procuratore aggiunto Salvatore Boemi, aprirà anche un'inchiesta sulle gravi responsabilità che di fatto minano al buon esito del processo Scopelliti. Lo sfogo è raccolto dal cronista di «Repubblica», Pantaleone Sergi: «Io non so quel che sta accadendo» dice Boemi «ma avverto che ci sono molte cose che non funzionano».

Effettivamente sembra esserci una congiura contro questo processo.

La verità è che siamo di fronte a un bivio: o scegliamo di seguire la strada del folclore o scegliamo di seguire la strada dei fatti. E i fatti dicono che lo sciopero non è stato un evento marginale o una nota di colore, ma ha rischiato di stravolgere il normale iter processuale.

Effetti collaterali

Ci sono altri tre episodi che contribuiscono a mettere a fuoco i contorni di questa storia: uno è l'arresto del primo vero boss della 'ndrangheta reggina dopo la guerra di mafia; l'altro un capo palermitano che viene trovato morto nella sua cella proprio in seguito alla condanna all'ergastolo per l'omicidio Scopelliti; il terzo è l'arresto inspiegabile di uno dei pentiti chiave di quel processo. Il tutto a contorno di una vicenda che si fa sempre più complicata.

1 luglio 1996. È una data significativa per la storia della lotta alla 'ndrangheta in riva allo Stretto. Gli uomini di Mario Blasco, vicecapo della Squadra mobile di Reggio Calabria ai tempi del delitto Scopelliti e ora alla guida della Criminalpol calabrese, portano in cella l'avvocato Giorgio De Stefano, detto lo Stratega dell'omonima cosca reggina nonché successore del boss Paolo.

Il suo nome compare nelle dichiarazioni di ben cento collaboratori di giustizia e risulta legato al clan catanese di Nitto Santapaola e al corleonese Leoluca Bagarella.

Dicono che l'avvocato, che in passato era stato consigliere comunale della Democrazia cristiana e delegato anche a un congresso nazionale del partito, al momento dell'arresto abbia cercato invano di camuffarsi tra coperte e lenzuola all'interno di un baule. Lo stratega.

È il primo vero boss della nuova 'ndrangheta reggina a finire dietro le sbarre.

Ma il 1996 si chiude con un episodio particolare. Giuseppe Giacomo Gambino, detto Johnny, capomandamento di San Lorenzo – condannato all'ergastolo assieme a Salvatore Riina per l'omicidio Scopelliti, sospettato di essere il sicario del vicequestore Ninni Cassarà e coinvolto nelle stragi di Capaci e via D'Amelio –, il 2 dicembre decide di togliersi la vita impiccandosi in una cella del centro clinico del carcere di San Vittore. Era in regime di 41 bis.

Altrettanto particolare è una notizia apparsa anche sulla stampa nazionale nelle prime settimane di marzo del 1997. Uno strano arresto, al tempo «archiviato» forse con troppa facilità e che oggi val la pena di riportare.

Sia perché il protagonista è un nome che già conosciamo, il pentito Giacomo Lauro, sia perché questo episodio potrebbe aiutarci a decifrare e capire cosa questo arresto potrebbe comportare. Scrive Carlo Macrì sul «Corriere della Sera»: «Una denuncia per truffa ha spalancato le porte del carcere a uno dei principali collaboratori di giustizia calabresi, Giacomo Lauro. I carabinieri del reparto operativo di Roma lo hanno arrestato ieri l'altro nella località segreta del Lazio dove viveva protetto dal servizio centrale e subito trasportato in una cella di massima sicurezza del carcere di Rebibbia. Il tribunale di sorveglianza ha subito revocato al pentito i benefici concessi ai collaboratori di giustizia. L'arresto dell'ex trafficante di droga è scaturito dopo la denuncia di un imprenditore truffato dal Lauro in occasione di un contratto di compravendita riguardante l'acquisto di uno stabile».[5]

Lo storico pentito di 'ndrangheta, sospettato di truffa, è stato arrestato dopo la denuncia di un imprenditore edile al quale Lauro aveva appaltato la costruzione di una casa.

È bene ricordare che Giacomo Lauro aveva da poco rinunciato al programma di protezione dietro il riconoscimento di un bonus di circa due miliardi di lire da parte del Servizio centrale di protezione. Tant'è che ai tempi la notizia della liquidazione (con situazioni analoghe delle quali beneficiarono anche altri pentiti tra i quali Di Maggio e Barreca) aveva percorso velocemente tutto il Paese, portando a un pronunciamento anche da parte dell'allora ministro degli Interni, Giorgio Napolitano, circa la necessità di modificare la legge sui pentiti.

Quanto a Lauro, avrebbe concordato con il servizio di protezione di investire la sua liquidazione nell'avvio

---

[5] Carlo Macrì, *In carcere per truffa il pentito di 'ndrangheta pagato due miliardi*, «Corriere della Sera», 10 marzo 1997.

di un agriturismo e, con l'acconto dei primi cinquecento milioni aveva pensato di iniziare la costruzione di alcune strutture, tra le quali una casa da adibire a sua abitazione. Ma per problemi di contanti non avrebbe rispettato gli accordi di pagamento, sicché la denuncia dell'imprenditore, una volta sporta ai carabinieri è arrivata al tavolo del Servizio di protezione e quindi al giudice di sorveglianza del tribunale di Roma, che ha disposto la sospensione dei benefici riconosciuti dallo status di collaboratore. Ma tale sospensione non sarebbe stata determinata dal mancato pagamento all'imprenditore che lo aveva denunciato, bensì da una presunta violazione di quell'accordo stipulato con lo Stato che prevedeva che il denaro accordatogli consentiva l'avvio della sola attività agrituristica e non la costruzione della casa.

Eppure Giacomo Lauro, il Diplomatico, era stato uno dei più importanti collaboratori di giustizia calabresi, grazie al quale fu possibile ricostruire nel dettaglio oltre un ventennio di affari della 'ndrangheta, e i legami di questa con frange del terrorismo nero, della massoneria e dei Servizi deviati, come nel caso della strage del *Treno del Sole* a Gioia Tauro.

Ma al di là della presunta truffa, il fatto che dovrebbe risaltare agli occhi dei più attenti è come possa essere bastata una «semplice» denuncia perché Lauro venisse portato in carcere e gli venissero immediatamente revocati i benefici concessi ai collaboratori di giustizia.

In un primo momento non si è riusciti a verificare l'evoluzione della strana vicenda di Lauro. Certo, un episodio simile potrebbe essere letto da ogni collaboratore di giustizia come un incentivo a non parlare mai più.

A distanza di anni ci viene in aiuto Salvatore Boemi, grazie al quale possiamo riuscire a inquadrare le sfumature e gli esiti di questo ennesimo strano fatto: «Lauro viene arrestato e portato in carcere a poche settimane dall'inizio del dibattimento del procedimento Olimpia [il maxiprocesso contro la 'ndrangheta cui abbiamo accennato, *NdA*], nel quale era di certo uno dei tre collaboratori più importanti. Viene comunque in aula e decide di collaborare consapevole di ciò che gli sta accadendo intorno [...] Viene per mesi sottoposto a indagini pressanti dalla Procura di Roma, e dopo una serie di verifiche numerose e lunghissime, verrà assolto. E lui dovette partecipare al processo Olimpia con questa spada di Damocle addosso, ma continuò a collaborare, perché comprese il gioco che qualcuno stava facendo sulla sua pelle».

«Bisogna poi ricordare» aggiunge Boemi «che uno degli errori di quel momento fu che ai pentiti venivano liquidate grosse somme di denaro, sia in Sicilia, che in Calabria e in Campania. Lauro subì quel trattamento, perché era ritenuto il pericolo numero uno dagli imputati del procedimento Olimpia. Un processo che noi alla fine celebreremo pertanto senza il defunto notaio Pietro Marrapodi, che aveva dichiarato che uno dei Palazzi più discussi di Reggio era quello di giustizia, e con un collaboratore come Lauro, che nel frattempo era stato sottoposto a un'ingiusta detenzione».[6]

È bene fissare tutte queste anomalie, perché è in questo contesto che i legali di Riina e degli altri boss stanno già preparando i ricorsi in Appello. E sappiamo fin troppo bene che Lauro, come Barreca e altri, è uno dei pentiti chiave del processo. Un processo che è riuscito ad avvalorare il teorema Buscetta anche lontano dalla Sicilia. Un processo, dunque, dove sulle prove convergenti dei collaboratori sono state basate l'accusa e la condanna nel processo di primo grado.

---

[6] In Appendice la conversazione integrale con Salvatore Boemi.

1998. Mamma era al telefono con l'avvocato che seguiva il processo. Riattaccò e ricominciò a correggere i compiti degli alunni. «Allora?» chiesi facendo finta di nulla. «Li hanno assolti tutti. È finita.» «C'è ancora la Cassazione...» dissi. Mentivo a me stessa e mi affrettai a guadagnare la pace inviolabile della mia stanza.
Pensai alle facce dei boss di Cosa Nostra, alla delusione dei giudici istruttori, a papà e al suo sacrificio. Qual era il senso della sua morte? Aveva lasciato mamma sola, non mi aveva vista andare al liceo, non mi aveva sentito suonare il pianoforte. Per cosa? Per servire uno Stato che lo stava dimenticando, e che non era nemmeno in grado di rendere giustizia al suo sangue.
2004. Squillò il cellulare, era mamma.«Hanno confermato la sentenza di papà in Cassazione.» Ringraziai il cielo di non essere a casa, di non vedere ancora una volta il lutto negli occhi di mamma.
Durante la strada verso casa avevo in testa solo papà, il suo lavoro, il suo sacrificio. Pensai ai magistrati, a «nonno» Nino Caponnetto, a Giovanni Falcone, Paolo Borsellino, Rosario Livatino, Rocco Chinnici e Antonino Saetta. Tutti, tranne nonno Nino, morti ammazzati.
In quel momento capii che non era stato papà a sbagliare, che aveva fatto l'unica scelta possibile: andare avanti senza piegarsi. L'amarezza e il senso di ingiustizia che sentivo avvolgere ogni singola parte di me erano dovuti a ciò che ha accompagnato, sin dal primo minuto, la morte di mio padre: il silenzio e la solitudine.

Processo allo Stato
1996-2004

Una nuova strategia

Saranno pure ignoranti, i mafiosi, ma non fessi. Acclarata quella che oramai è la grande vulnerabilità dell'organizzazione criminale, ovvero il fenomeno del pentitismo – sempre più diffuso e che si era trasformato in un boomerang giudiziario devastante – adesso non resta altra strada che destituire di ogni attendibilità quel famigerato teorema Buscetta che aveva già cagionato danni enormi ai boss imputati nel maxiprocesso di Palermo.

Quello che è sempre stato il punto di forza della nuova azione di Cosa Nostra, vale a dire il sistema decisionale della Cupola, ora è diventato l'arma con cui la giustizia è riuscita a colpirla al cuore. Bisogna inventarsi qualcosa, e farlo al più presto.

E la città dello Stretto, dove si stanno depositando i ricorsi in Appello nel processo Scopelliti, diventa banco di prova di quelli che potremmo definire i primi segnali di una nuova strategia difensiva per i boss siciliani. È a Reggio Calabria, infatti, che la difesa di Riina e soci mira a smantellare proprio in giudizio quel teorema.

Certo, potrà sembrare una sfida ambiziosa. Ma il nuovo processo che sta per partire a Reggio Calabria è occasione ghiotta per giocarsi il tutto per tutto: qui, dove – a differenza dei processi Lima, Falcone e Borsellino – per la prima volta sono imputati i presunti mandanti senza gli esecutori materiali di un delitto eccellente, e per di più dove a fronte di gravi prove indiziali pressoché assenti, l'impianto probatorio più rilevante risulta ruotare intorno alle sole dichiarazioni dei pentiti. Nessuno dei quali, è bene sottolineare, ha partecipato a vario titolo all'uccisione del giudice.

«Il pentito non parla di ciò che sa, ma di ciò che ha sentito dire»

Sembrano ormai lontani anni luce gli appelli di Falcone e Scopelliti per una maggiore sensibilità dei collegi giudicanti nei processi di mafia, processi dove «arrivare alla prova, nel senso tradizionale, è cosa ben difficile».[1]

I pentiti sono diventati non solo un fenomeno da destituire, ma anche il bersaglio prediletto delle note campagne garantiste di Tiziana Maiolo («I pentiti non possono essere affidati agli stessi organi di polizia giudiziaria che indagano sulla loro credibilità. Non possono vivere in caserma, devono andare in carcere, subire un processo, una condanna e poi potranno avere sconti di pena»)[2] e, fino agli anni Duemila, anche di Vittorio Sgarbi («Il pentito è un pettegolo di merda [...] Non parla di ciò che sa, ma di ciò che ha sentito dire. E un pentito tira l'altro...»).[3]

Racconta Boemi nel corso della nostra conversazione:[4] «Non ebbero bisogno di punirci, perché a punirci ci avrebbe pensato la Storia. Nel senso che, attraverso la destabilizzazione dei pentiti, si fece in modo che quella stagione antimafia si chiudesse con largo anticipo.

---

[1] Sono parole del giudice Scopelliti durante la già citata puntata di *Telefono giallo* del 12 febbraio 1991.

[2] Intervento al convegno su convenzioni Onu e droghe promosso dai Radicali, riportato su «il manifesto» del 28 maggio 1994.

[3] Intervento a una conferenza sui pentiti al Circolo della Stampa di Milano, 10 maggio 2000.

[4] Il testo integrale della conversazione con Salvatore Boemi è pubblicato in Appendice.

«Ricordo a me stesso e lo dico forte che la Procura di Reggio fu la prima a dire che se si fosse continuato con i pentiti non si sarebbe portato a termine più alcun processo. E fu così che cominciammo a seguire ciò che accadeva all'interno delle autovetture, ricorrendo alle intercettazioni ambientali, perché già nel 1996 avevamo avuto i nostri collaboratori messi alla gogna.»

Ogni scusa è buona

Ricordate l'arresto del presidente della corte d'Assise di Reggio Calabria, Giacomo Foti? Gli era stato spiccato un mandato di cattura dalla Procura di Messina proprio il giorno prima dell'ultima requisitoria del processo Scopelliti. Con il suo arresto vennero azzerati tutti i procedimenti in corso all'Assise reggina, compreso quello contro Riina Salvatore + 13, che ripartirono con nuovo ruolo e nuovo presidente. Insomma, il processo Scopelliti è stato celebrato due volte.

Fortunatamente tutto fu portato a definizione in tempi pressoché brevi, in quanto gran parte del lavoro già agli atti (interrogatori, deposizioni....) fu ammesso integralmente al nuovo ruolo.

Ma per i legali della Cupola la «legittimità» della designazione del nuovo presidente diviene la prima delle eccezioni mosse in Appello. Uno di quei «vizi di forma» che tanto avevano fatto comodo alla mafia, strappando una sentenza di rinvio.

Le altre eccezioni mosse in Appello dalla difesa muovono principalmente intorno all'attendibilità complessiva dei collaboratori di giustizia, con diverse argomentazioni.

La prima. Stando alle molteplici dichiarazioni dei pentiti, che raccontano di eventi riconducibili alla primavera del 1991, i tentativi di approccio che Cosa Nostra avrebbe avviato nei confronti del giudice calabrese risalirebbero a periodi di tempo precedenti la designazione dello stesso a rappresentare la procura generale nel maxiprocesso in Cassazione, la cui ufficialità – come riferito in udienza dal procuratore generale Sgroi – si è avuta nel mese di luglio.

La seconda. La cosiddetta «illogicità» dei tempi di consumazione del delitto. Ovvero, viene osservato dalla difesa dei boss che se l'obiettivo di Cosa Nostra era quello di ottenere la decorrenza dei termini massimi di custodia cautelare e, quindi, la scarcerazione degli imputati, allora la Cupola avrebbe dovuto decretare che l'omicidio del sostituto procuratore generale fosse eseguito non in estate ma in prossimità della data di celebrazione del giudizio in Cassazione, in modo da trarre il massimo vantaggio dal delitto.

La terza. L'«inconciliabilità» del comportamento del magistrato negli ultimi giorni di vita rispetto all'affermata ricezione da parte dello stesso di gravi minacce. Secondo i legali della difesa non vi sarebbe stato alcun avvicinamento e/o minaccia diretta da parte di Cosa Nostra perché, qualora Scopelliti avesse davvero temuto per la propria incolumità, avrebbe senz'altro sporto denuncia alle autorità competenti.

In ultimo, saranno posti in dubbio anche gli elementi di prova generica (per esempio, per la difesa, l'auto fu rallentata da un ostacolo o da una persona forse conosciuta dal giudice).

Addirittura sono gli stessi avvocati dei boss a chiedere la riapertura del dibattimento per chiedere una nuova perizia tecnica sui frammenti di auto ritrovati sul luogo del delitto, nonché per indagare i motivi per i quali non risultano relazioni tecniche circa il tipo di vetture coinvolte nell'impatto che, presumibilmente, avrebbe preceduto il delitto.

Non trascuriamo questo particolare, perché tra le righe pare proprio che i legali di Riina vogliano lanciare un messaggio preciso: è vero che non ci sono testimoni oculari, ma è anche vero che apparendo fallaci proprio le prime indagini sul luogo del delitto non si può immaginare di poter costruire un impianto accusatorio solido.

Nuovi pentiti, nuovi guai

La vera novità degli ultimi tempi è data dalla comparsa sulla scena giudiziaria di nuovi pentiti di primo piano come il boss di San Giuseppe Jato, Giovanni Brusca che, una volta tratto in arresto, viene folgorato sulla via di Caltanissetta e decide di collaborare con la giustizia.

E sarà proprio Brusca a scompaginare in maniera chirurgica quella che fino a oggi sembrava una certezza per la magistratura: la struttura di Cosa Nostra, ricostruita grazie alle rivelazioni di Tommaso Buscetta, che vedrebbe la Cupola come unico organo decisionale dell'organizzazione.

24 settembre 1997. Brusca si trova a deporre nel carcere di Rebibbia, a Roma. È lui ad aver azionato il radiocomando che aveva provocato la strage di Capaci e che aveva fatto sciogliere nell'acido il piccolo Giuseppe Di Matteo. È sempre lui che, giusto per rendersi un minimo credibile di fronte ai giudici, ora si autoaccusa di essere dietro a un centinaio di omicidi, tra i quali quello dell'onorevole Salvo Lima, ordinato per «mandare un segnale ad Andreotti».

«Mi hanno accusato» dice Brusca «di voler smontare il teorema Buscetta, ma non è così. Le mie dichiarazioni servivano per spiegare che le cose all'interno di Cosa Nostra, con gli anni, sono cambiate. La mafia, è vero, ha regole costanti, ma ci sono modalità che cambiano col tempo».[5]

Qual è la tesi dell'ex boss? Che a cavallo tra gli anni Ottanta e Novanta le decisioni sono state prese anche in summit ristretti senza che tutti, per motivi di sicurezza,

---

[5] Dino Martirano, *Brusca: non nego il teorema Buscetta*, «Corriere della Sera», 25 settembre 1997.

«si riunissero intorno allo stesso tavolo: la tradizione degli incontri allargati a tutti i capimandamento venne ripresa dopo il 1989, ma all'inizio solo per trattare le questioni di ordinaria amministrazione, come la costituzione di una cassa comune». Tradotto: Brusca chiama fuori la plenaria della Cupola dalle sentenze di morte. A partire da quella di Nino Scopelliti, della quale dichiarerà di non essere mai venuto a conoscenza. E se un boss del suo calibro non sa, allora il teorema Buscetta potrebbe non solo scricchiolare, ma addirittura crollare.

È qui la vera chiave di volta di tutta la vicenda. È così che si disorienta l'accusa.

Oggi a Reggio, domani, forse, a Palermo.

Come smontare un teorema: istruzioni per l'uso

Prima di procedere, prendere visione delle dichiarazioni messe a verbale dai pentiti e selezionare uno o più particolari non verificabili. Svitare accuratamente quegli episodi che appaiano non collocati cronologicamente con assoluta certezza e rimontarli uno a uno, stando bene attenti a riposizionarli all'altezza di qualche imprecisione su questo o quell'evento. Prestare attenzione alle fonti, e sigillare quanto basta con eventuali nuove dichiarazioni rilasciate dai collaboranti in altri procedimenti.

Ecco fatto: con pochi semplici passaggi avrete insinuato nella Corte il dubbio che le dichiarazioni dei pentiti possano essere considerate discordanti, e quindi, più tecnicamente, che possa essere venuta meno la convergenza del molteplice.

Paradossi giudiziari

È l'inizio della fine. E la drammaticità di questo nuovo processo è che a essere portato di fronte ai giudici sembra essere lo Stato, non la mafia.

Da una parte quello Stato incarnato dalla passione e la caparbietà dell'accusa in corte d'Assise, con i pubblici ministeri Boemi e Verzera che avevano fatto condannare i boss della Cupola palermitana, nonostante l'impianto probatorio si basasse soltanto sulle dichiarazioni, peraltro convergenti, dei pentiti.

Dall'altra uno Stato disarmato di fronte a uno spiegamento di forze che solo la mafia può permettersi: e che arriva al punto di avvalersi dell'ausilio, anche indiretto, di alte sfere della magistratura italiana (uomini che, tra un cavillo e l'altro, fanno invalidare in Cassazione centinaia di processi contro le mafie). E che inoltre, come stiamo scoprendo oggi, riesce a dettare le condizioni di una tregua in una presunta trattativa con apparati interni all'intelligence della nostra Repubblica.

Udienza dopo udienza, gli appellanti riescono a smontare e rimontare ogni accusa. Al punto che la corte d'Appello di Reggio Calabria riterrà fondata la richiesta avanzata dalla difesa: i fatti difficili da dimostrare dovranno essere considerati di minore spessore probatorio. A partire dalle dichiarazioni dei collaboratori di giustizia. Pretesa delle pretese.

Eppure sono proprio quei fatti «difficili da dimostrare» a far condannare al processo di Caltanissetta i responsabili degli assassinii di Falcone e Borsellino, nonché, a Palermo, i carnefici di Lima.

Ingiustizia è fatta

28 aprile 1998. Dopo ventisei ore di camera di consiglio, i giudici di Reggio Calabria annullano in Appello tutte le condanne all'ergastolo inflitte in primo grado a Riina, Brusca, Aglieri, Calò e agli altri componenti della Cupola condannati nel primo stralcio processuale, i quali vengono assolti «per non aver commesso il fatto».

E, paradossalmente, viene assolto anche il boss Francesco Madonia, che non si era nemmeno appellato alla sentenza di primo grado.

Antonino Scopelliti muore per la seconda volta.

È lecito chiedersi per quale motivo non siano stati riascoltati i pentiti calabresi Giacomo Lauro e Filippo Barreca, le cui dichiarazioni erano state ritenute più che attendibili. Proprio quel Lauro, testimone chiave, con il notaio Pietro Marrapodi, nel maxiprocesso Olimpia contro 'ndrangheta, massoneria e colletti bianchi, arrestato, come abbiamo visto, in circostanze discutibili nel 1997.

Quanto a Barreca, dopo essere stato sentito in primo grado a Padova, si era successivamente avvalso della facoltà di non rispondere.

Ma non è tutto. Sta per aprirsi un nuovo scenario, ben introdotto dal giornalista Rocco Valenti che su «La Stampa» chiude l'ultima istantanea sul processo:

> Il sostituto procuratore della Cassazione Antonino Scopelliti, ucciso in un agguato nei pressi di Villa San Giovanni nell'agosto del 1991, fu eliminato per ordine di Cosa nostra perché non era avvicinabile per i ricorsi del primo maxiprocesso alla mafia palermitana: una tesi che aveva retto nel processo di primo grado alla Cupola, ma che ieri pomeriggio si è frantumata con le parole del presidente della corte d'Assise d'Appello di Reggio Calabria, che ha assolto, per non aver commesso il fatto, Totò Riina e altri otto esponenti di spicco della mafia. Il processo di primo grado, conclusosi l'11 maggio del 1996 con la condanna di tutti gli imputati all'ergastolo, è stato azzerato. Poco più di ventiquattro ore di camera di consiglio per demolire una tesi alla quale la procura distrettuale antimafia di Reggio Calabria aveva lavorato per anni. Imputati eccellenti, decisione comunque clamorosa, visto che in un sol colpo sono stati cancellati nove ergastoli. Oltre che Riina sono stati as-

solti Pippo Calò, Francesco Madonia, Bernardo Brusca, Pietro Aglieri, Giuseppe Lucchese, Salvatore Montalto, Salvatore Buscemi e Antonino Geraci. Fulvio Rizzo, il magistrato della procura generale reggina che ha sostenuto l'accusa nel processo d'Appello e che aveva chiesto la conferma dell'ergastolo per tutti gli imputati, si è limitato a dirsi «perplesso», rimandando ogni commento alla lettura delle motivazioni della sentenza, che i giudici si sono riservate. Di certo la pubblica accusa ricorrerà in Cassazione, contro una decisione che, invece, per l'avvocato Alessandro Scalfari, uno dei difensori di Riina, «riporta i fatti alla verità». «Cosa Nostra non ha avuto alcun ruolo nell'uccisione di Scopelliti» ha detto Scalfari, ribadendo la tesi sostenuta sin dall'inizio «mentre c'erano sicuramente alternative valide sul fronte investigativo che portavano ad altri moventi e ad altri mandanti.» Soddisfazione per la sentenza di ieri, certo, da parte di Scalfari, ma anche strada spianata ai colleghi impegnati nel processo bis per l'uccisione dell'alto magistrato, che ancora è pendente in primo grado. Il giudice distrettuale di Reggio nell'udienza preliminare, il 10 luglio del 1996, rinviò a giudizio altre dieci persone con l'accusa di essere state tra i mandanti del delitto eccellente. Si tratta di dieci presunti affiliati a Cosa Nostra, membri della Commissione interprovinciale: Benedetto «Nitto» Santapaola, i fratelli Giuseppe e Filippo Graviano, Raffaele Ganci, Giuseppe Farinella, Mariano Agate, Giuseppe Madonia, Bernardo Provenzano, Antonino Giuffrè e Benedetto Spera. Anche loro, secondo l'ipotesi più recente fatta dalla Dda reggina, avrebbero partecipato alla decisione di eliminare Scopelliti, ucciso mentre si trovava in vacanza a Campo Calabro, a pochi chilometri dal luogo in cui cadde sotto i colpi dei killer. I pentiti sentiti nel processo conclusosi ieri hanno riferito solo circostanze apprese indirettamente, aveva sostenuto l'avvocato Scalfari nell'Appello avverso la sentenza di primo grado. Cose apprese, insomma, solo «per sentito dire». Persino la circostanza secondo la quale Riina sarebbe venuto personalmente in Calabria chiedendo alle organizzazioni criminali del posto di uccidere Scopelliti e prospettando in cambio il suo intervento per imporre la pax mafiosa che mettesse fine alla guerra di 'ndrangheta che stava insanguinando il Reggino, sarebbe stata riferita solo «de relato». Eppure la tesi della procura di Reggio era passata indenne al vaglio dei giudici della corte d'Assise che, nella sentenza con la quale avevano comminato dieci ergastoli (un imputato nel frattempo è morto) avevano posto l'uccisione di Scopelliti in relazione diretta alla sua designazione quale rappresentante della procura generale nel giudizio sui ricorsi inerenti il maxiprocesso di Palermo. La sua morte era stata, avevano sostenuto i giudici di primo grado, «diretta conseguenza del suo rifiuto a prestare la collaborazione che gli era stata richiesta da Cosa Nostra».[6]

Le assoluzioni in Appello sono forse il colpo di grazia per il fratello del giudice, Francesco, che morirà dopo qualche anno, colpito da male incurabile. Con la sua morte si spengono definitivamente i riflettori sul caso Scopelliti.

Il processo parallelo

Ma non è tutto dal fronte reggino. Per completezza storica, infatti, è bene introdurre anche una nuova vicenda giudiziaria che si innesta nella lunga serie di misteri che compongono il caso.

Facciamo un passo indietro di un paio d'anni. Il 1° luglio 1996, grazie ai contenuti delle medesime dichiarazioni dei pentiti che portarono alla condanna all'ergastolo in primo grado di Riina e Cupola a seguito, il gup di Reggio Calabria dispone il rinvio a giudizio per altri die-

---

[6] Rocco Valenti, *Scopelliti, non fu la Cupola a uccidere*, «La Stampa», 29 aprile 1998.

ci boss siciliani, ritenuti anch'essi mandanti dell'omicidio del giudice.

Sono i boss della cosiddetta «Commissione regionale» (o «interprovinciale»), ovvero i capi dei mandamenti delle famiglie legate a Cosa Nostra anche nelle altre province siciliane, come Catania e Trapani. È il processo che, oltre a *zu Binnu 'u tratturi*, alias Bernardo Provenzano, dovrebbe colpire proprio quel Nitto Santapaola che diversi pentiti, soprattutto del fronte calabrese, hanno indicato quale ambasciatore di Cosa Nostra presso la 'ndrangheta a proposito delle famose richieste di «avvicinamento» del magistrato di Cassazione.

L'impianto giudiziale è pressoché identico a quello che in primo grado ha fatto condannare Riina. Infatti potremmo definirlo un processo-specchio a quello celebrato contro la Cupola in corte d'Assise: stesse accuse, stesso movente, cambiano solo i nomi dei mandanti. Con la novità che adesso al novero delle dichiarazioni dei pentiti si sono già aggiunte quelle rilasciate da Brusca e gli altri nuovi collaboratori di giustizia.

È logico dedurre, a questo punto, che i giudici assolveranno, così come ha assolto la prima sezione della corte d'Appello. E invece no: la corte d'Assise di Reggio Calabria infligge ben sette ergastoli. È il 18 dicembre 1998.

Da quale parte sta, allora, la verità? Com'è possibile che con un pressoché identico impianto probatorio si giunga a due sentenze diametralmente opposte? E il fatto ancor più anomalo è che la sentenza di primo grado che condanna all'ergastolo la Commissione regionale arriva ben otto mesi dopo una sentenza d'Appello che assolveva la Cupola.

Il 14 novembre 2000 in Appello, però, viene assolta la Commissione regionale. Per intero.

E il mistero intorno al caso Scopelliti si infittisce ancora di più.

Si andrà in Cassazione. Ma come avverte Salvo Palazzolo:

[...] Adesso, tutti gli ultimi ergastoli rischiano di essere spazzati d'un colpo, così come ieri pomeriggio la corte di Cassazione ha fatto con le condanne per il delitto di Salvo Lima, confermando l'ergastolo soltanto per Salvatore Riina e Raffaele Ganci e annullando quelli inflitti in primo e secondo grado a tutti gli altri componenti della Cupola di Cosa Nostra, da Pippo Calò a Pietro Aglieri. Fino al processo di secondo grado, conclusosi nel marzo del 2000, i giudici non avevano avuto alcun dubbio: la stagione stragista del 1992 è stata ordita dalla Cupola, tutta, anche dai capimafia che erano detenuti. E sulla base di questo principio si erano susseguite anche le condanne per le vittime di Capaci e via d'Amelio. Già a novembre del 2000, però, arrivarono i primi dubbi, nel processo per l'omicidio di Antonino Scopelliti, il magistrato che avrebbe dovuto sostenere l'accusa nel maxi in Cassazione. Tutti assolti i boss della Cupola. In realtà, erano stati gli stessi pentiti a insinuare il seme del dubbio. Prima Giovanni Brusca, poi Salvatore Cancemi: alla fine degli anni Ottanta – questa la loro verità – Riina aveva iniziato a preferire incontri ristretti piuttosto che le assemblee plenarie. I giudici di Caltanissetta, che recentemente hanno invece condannato tutta la commissione per le stragi Falcone e Borsellino, hanno pensato diversamente. Seguendo il «teorema Buscetta», convinti dalle argomentazioni dei pm Di Matteo, Di Palma e Tescaroli. «Anche chi stava in carcere partecipava alle decisioni.» La Cassazione inverte i criteri, soddisfatti gli avvocati: «Finalmente si è capito che la realtà associativa non è granitica ma muta nel tempo» dice l'avvocato Rosalba Di Gregorio, che con Valerio Vianello difende Pietro Aglieri: «certo ci sono voluti tre gradi di giudizio. Speriamo non ce ne vogliano altrettanti per raggiungere la verità negli altri processi». Precisa l'avvocato Ivo Reina: «Questa sentenza non vuol dire che i colpevoli devono rimanere impuniti, solo basta ai teoremi». [...] [7]

---

[7] Salvo Palazzolo, *Attacco al teorema Buscetta*, «la Repubblica», 28 aprile 2001.

La Cassazione

> Il ricorso non merita accoglimento [...] In particolare la Corte [...] ha ritenuto che nel caso di specie non si fosse verificata la convergenza del molteplice, tenuto conto che le dichiarazioni dei numerosi collaboranti divergevano tra loro non solo con riferimento alla individuazione dei sicari e alle modalità esecutive dell'agguato, ma ancor più nei loro nuclei fondamentali riguardanti i canali seguiti per il conferimento del mandato a uccidere e l'individuazione delle cosche incaricate dell'esecuzione. [...] Brusca e Cancemi, [...] proprio perché facevano parte della Commissione provinciale avrebbero potuto quantomeno riferire in ordine alla decisione di uccidere il magistrato, tanto più che, trattandosi di un omicidio «eccellente», lo stesso riguardava non solo l'esistenza dell'organizzazione nel suo complesso, ma anche gli interessi specifici dei singoli componenti dell'organismo di vertice di Cosa Nostra. D'altra parte la stessa Corte di merito ha evidenziato che l'uccisione del magistrato, oltre a non essere influente ai fini delle sorti del maxiprocesso, era in contrasto con la tattica di attesa decisa dalla Cupola, tanto più che un omicidio «eccellente» avrebbe avuto indubbiamente ripercussioni negative proprio sulle sorti del maxiprocesso. Né lo stato di tensione in cui versava la vittima nei giorni precedenti l'agguato (desumibile dalle dichiarazioni della moglie e della sorella) può costituire una circostanza significativa in merito alle eventuali pressioni ricevute dal magistrato per l'«aggiustamento» del maxiprocesso. [...] Tenuto conto che la stessa vittima continuò a svolgere la sua vita tranquilla, tanto che non presentò alcuna denuncia all'autorità di polizia e che non osservò alcuna cautela nei suoi trasferimenti, andando quotidianamente al mare e percorrendo sempre la stessa strada solitaria dove venne ucciso.

La sentenza – riguardante il secondo troncone processuale, quello contro Provenzano e i boss della Commissione provinciale – è la numero 435 del 1° aprile 2004.[8] Per scrivere sei pagine gli alti magistrati della Prima sezione penale, proprio quella nella quale ha sempre lavorato Nino Scopelliti durante la sua carriera in Cassazione, hanno impiegato quattro anni. Sei pagine per dire che Scopelliti non era influente «ai fini delle sorti del maxiprocesso» e che in fondo doveva essere tranquillo, visto che «non osservò alcuna cautela nei suoi trasferimenti, andando quotidianamente al mare». Il suo era un ruolo talmente ininfluente che Nino si era fatto mandare – al mare – le carte del maxi.

La sentenza si è allineata a quella del 1999 nei confronti di Riina e i boss della Cupola. In quel caso, però, tutto ciò che abbiamo è un criptico riferimento a una sentenza della quale non vi è traccia, se non tre righe – tre – scritte a mano in coda alla sentenza d'Appello:

> Addì 21.6.99 la Corte Suprema di Commissione con sentenza rigetta il ricorso proposto dal Procuratore generale. ESECUTIVA 21.6.99.

Per scrivere la parola fine sulla vicenda processuale sono trascorsi molti anni. Troppi.

Considerando entrambi i processi, dei ventiquattro imputati diciassette sono stati condannati all'ergastolo in primo grado quali mandanti del delitto. Con due colpi di spugna la corte d'Appello ha assolto tutti nel 1998 e nel 2000. Assoluzioni confermate anche dal Palazzaccio nel 1999 e nel 2004.

In tredici anni lo Stato non è riuscito ad assicurare alla giustizia né mandanti né esecutori. Nino Scopelliti muore una terza volta.

---

[8] Il presidente è il dottor Gianvittore Fabbri, coadiuvato da altri quattro consiglieri.

Dopo aver sopportato e subìto l'esito dei processi in Appello e in Cassazione, decisi, per non impazzire, di allontanarmi definitivamente dalla figura mio padre, di seppellirlo anche io, come aveva fatto diverse volte anche lo Stato.
Mio padre è stato ucciso. I calabresi, gli italiani, lo Stato sono stati zitti. E così sono stata zitta anche io. Ancora oggi, a Campo, quasi nessuno ammette la presenza della 'ndrangheta, ancora oggi c'è chi pretende di conservare fino alla morte delle verità indicibili sul suo omicidio, ancora oggi molti ricordano i fratelli Garonfolo come «brave persone». E ora, a distanza di anni, mi chiedo se l'offerta di cinque miliardi non potrebbe essere giunta al giudice Scopelliti proprio tramite qualcuno di quei «pellegrini», quei concittadini a cui prodigava consigli, e da cui papà cominciava a sentirsi oppresso. Difficile capire dove sia la verità.
Gli assassini di mio padre non sono mai stati trovati, i mandanti sono stati assolti. Sarò onesta: se dovessi sapere chi ha sparato, se i colpevoli venissero assicurati alla giustizia, forse, vedendo in faccia chi mi ha rovinato la vita, potrei provare pena. Per lui, per la sua famiglia, per i suoi figli. Ma non credo che riuscirei a perdonare. Ho persino smesso di andare in chiesa per questa ragione.
Io sono stata costretta a vivere senza mio padre, ma posso andare fiera del suo nome e del suo esempio. Io ho avuto dignità, libertà, onore. Basta un niente per perderli.

Una giornata a Campo

Luglio 2009. Giunto quasi alla fine delle mie ricerche e ricostruzioni tra vecchi ritagli di giornale e carte processuali, ho sentito la necessità di andare a Campo Calabro, in quei luoghi dove Nino Scopelliti ha visto la vita e la morte. Volevo capire perché la memoria di un'intera comunità era stata tanto fallace.

Avranno paura, penso. Nella mia testa incrocio date, nomi, fatti: c'è sempre un buco nero, un momento in cui ogni ragionamento si inceppa e i conti non tornano. Quella strada che come un labirinto sembra portare sempre a Campo.

Ho chiesto a qualche amico di raggiungermi con cineprese e microfoni professionali. Arriviamo con una vera troupe televisiva e con il pretesto di dover realizzare un'inchiesta sull'emigrazione giovanile e la disoccupazione.

Il paese, circa cinquemila residenti e altrettanti emigrati, sormonta la vicina Villa San Giovanni da una collina un tempo ricca di sole e di verde. Il sole c'è, ma il verde degli ulivi e delle viti negli anni ha ceduto al fascino degli imponenti capannoni e insediamenti industriali che oggi introducono al centro urbano. Per vedere un paesaggio incontaminato bisogna salire qualche chilometro, per la strada della montagna che porta a Gambarie, fino a raggiungere gli ottocenteschi fortini militari di Matiniti.

Il centro cittadino ha tutte le caratteristiche dei piccoli centri del Sud in piena estate: la chiesa, le donne di ritorno dalle botteghe e gli uomini ormai avanti con gli anni ai tavolini di un bar che dà sulla piazza principale.

La rivalità con i vicini villesi sopravvive ancora oggi. «Villa solitamente viene chiamata *'a fossa...* cioè è un niente. Non esiste Villa» afferma con orgoglio l'attuale sindaco campese, Domenico Idone, nell'intervista che rilascia in questa occasione a me e a Claudio Cordova, che mi accompagna.

Mentre tiriamo fuori l'attrezzatura, facciamo a un gruppo di pensionati seduti alle panchine la nostra domanda di rito circa i giovani che se ne vanno, la disoccupazione e i paesi che si svuotano. Ognuno dice la sua.

«*Chieditincillu a Berlusconi comu mai, a iddu e a chidd'atri a Roma...*», chiedetelo a Berlusconi come mai, a lui e a quegli altri a Roma, dice uno.

«I giovani se ne vanno perché non c'è lavoro» spiegano.

«Le fabbriche prendono soldi dallo Stato e li tolgono alla povera gente. Non c'è nessuno che lavora in questi stabilimenti. Aprono e poi li vendono o li chiudono dopo aver avuto i finanziamenti.»

Fortuna vuole che a meno di dieci metri da quella panchina una targa indica «via Antonino Scopelliti, magistrato». La indichiamo. Il più giovane dei tre dice: «Il giudice che è stato assassinato».

Non fa neanche in tempo a rispondere, che subito l'amico gli sussurra nell'orecchio: «*Vi ca poi chissi cosi vannu 'a televisioni...*». Attento, queste cose vanno in televisione.

Il terzo si inserisce prontamente: «*Era 'u megghiu cristianu 'ri Campu*».

Cominciano a tesserne le lodi. «Era umile» ricordano. «Quando passava la gente sulla strada e lui era sulla porta salutava prima degli altri.» Precisano che, nonostante la sua posizione «non è che aspettava che le persone si togliessero il cappello».

Perché è stato ucciso?

«Perché non si è prestato alla corruzione.»

Ma secondo voi, chi ha ammazzato Scopelliti?

«Ma che domande fai... La gente comune come noi non lo può stabilire chi lo ha ammazzato» sentenzia uno. L'altro lo rassicura: «Non ti preoccupare che non ti portano *in tribunali*».

Ma quindi non c'entra la 'ndrangheta?

«E questo polizia, carabinieri e magistrati lo devono dire... e, ammesso che qualcuno lo sapeva, lo diceva a voi? A quest'ora era un uomo morto.» Un uomo morto.

Continuando a piedi per la via principale incrociamo diverse persone. Ci intratteniamo a parlare, ma appena tocchiamo il tasto Scopelliti la risposta è sempre la stessa: «Una brava persona... faceva del bene a tutti». Come un disco rotto fermo sempre sulla stessa traccia.

Tutti ci raccontano la storiella del giudice e appena sentono la parola «mafia» si defilano.

Nel corso della mattinata, in via Risorgimento, proprio nei pressi della casa dove nacque e visse il giudice Scopelliti e dove ancora oggi abita la sorella Rosetta, docente di lettere al liceo in pensione, incontriamo il signor Francesco Chirico.

Occhiali con moderne lenti fotocromatiche e capelli bianchi, porta senz'altro bene i suoi anni considerato che, a quanto racconta, Scopelliti era più giovane di lui. Ci racconta di essere stato amico d'infanzia del magistrato e di aver anche lavorato per l'oleificio del padre.

Chirico ricorda la bontà del giudice, il giorno dei funerali, la presenza dell'allora presidente della Repubblica Francesco Cossiga. In quel momento passa di fianco a noi un'auto di grossa cilindrata. Però, scherziamo, si vive bene a Campo...

«Si vive bene» risponde. «Io non sono stato disturbato e non ho disturbato a nessuno.»

Chiedo a Chirico se sa qualcosa dei Garonfolo, indicati assieme ai Bertuca quali 'ndrine operanti nel territorio di Campo.[1]

«I Garonfolo erano amici con tutti» è la risposta di Chirico. Anche loro.

È vero che sono i padroni di Campo Calabro?

«Padrone... ognuno è padrone della casa sua. Capito? Campo Calabro è il paese più pulito, ricordati, il paese più pulito di tutti i paesi che ci sono intorno.»

Lei sa che il giudice aveva una figlia?

«Sì.»

Una figlia che oggi attende ancora verità e giustizia sull'omicidio del padre.

«Io se dovessi lottare per mio figlio lo farei "a sangue". E penso che un figlio per un padre farebbe lo stesso...»

Ma vale più la giustizia, quella dei tribunali, o la vendetta?

«La vendetta non è giusta. Però oggi, delle volte, uno non riesce a fermarsi e fa quello che vuole...»

Cioè?

«Cioè... si fa giustizia da sé.»

Arriviamo nei pressi del palazzo municipale. Chiediamo a una signora «nata e cresciuta a Campo Calabro» come si vive in paese.

«Benissimo. Chi vuole lavorare lavora.»

E se un giovane è in cerca di lavoro, a chi si rivolge?

«Il sindaco se si può occupare di dare lavoro a qualcuno lo dà...»

I ragazzi se ne vanno anche perché c'è la mafia, o solo quando non c'è lavoro?

---

[1] Una mappa precisa delle 'ndrine sul territorio calabrese è tracciata da Nicola Gratteri e Antonio Nicaso, *Fratelli di sangue*, Mondadori, Milano 2008.

«No. Chi vuole essere mafioso è mafioso, chi vuole lavorare lavora. I miei figli hanno finito la scuola e sono andati a lavorare.»

Conosceva il giudice Scopelliti?

«Certo. Era una brava persona, e se poteva fare del bene lo faceva.» Il solito disco rotto. Le solite risposte.

Ma se era una brava persona e faceva del bene, perché lo hanno ammazzato?

«Non lo so... vi saluto.»

L'hanno ammazzato, però, non è morto e basta.

«L'hanno ammazzato. Perché faceva del bene...» I ragionamenti più semplici finiscono talvolta per sembrare paradossali.

Quel che è sicuro è che i campesi non hanno solo dimenticato Scopelliti. Non ne vogliono proprio parlare. Ci si limita al ricordo, alla favola melensa del giudice eroe, morto perché era troppo giusto e troppo onesto. Nessuno osa spingersi oltre.

Certo, questa non è solo la faccia di Campo Calabro, è un po' il paradigma di gran parte delle comunità calabresi. Laddove la mafia la vedi in faccia ogni giorno, al bar, al lavoro, tra i banchi di scuola, accanto alla porta di casa. Non sei omertoso, semplicemente non giochi a fare l'eroe. E mantieni i piedi per terra.

Cerchiamo il sindaco. Vogliamo chiedergli se è vero che è in grado di elargire posti di lavoro. Ma, ci dicono, Idone «lavora a Reggio Calabria». Lo incontreremo nel pomeriggio.

Nel corridoio c'è – tra le altre – una grande targa in ottone affissa a una parete: «Aula consiliare Antonino Scopelliti. I Grandi............. Non Sono Mai Soli!» Così, testuale. Sei parole con iniziali maiuscole e tredici punti di sospensione. Certo non passa inosservata in quanto a originalità.

Fuori dal palazzo municipale ci avvicina un signore.

Si vede che è attento, informato. Vuole dirci qualcosa, ma preferisce rimanere anonimo.

Dice, riguardo a Scopelliti, che «il sindaco è poco sensibile a queste cose».

Ma lassù è pieno di targhe, ribatto.

«Anche Marcantonio ha fatto l'elogio di Cesare, e poi...»

(E poi, dice la Storia, Marcantonio ha di fatto amnistiato i «cesaricidi» in cambio della concessione da parte del Senato dei funerali di Stato. Però, in quel caso, il popolo, alla visione del cadavere e del sangue sulla toga di Cesare, reagì contro gli assassini.)

«Qua la gente ha paura» aggiunge.

L'uomo ci fa notare che Idone, in quanto sindaco di Campo Calabro, è anche dirigente del Consorzio per lo sviluppo industriale della provincia di Reggio Calabria, meglio noto come Asireg. Uno dei tanti enti destinatari ed elargitori di fondi a sostegno delle imprese nel territorio.

Considerato poi che Campo ricade strategicamente nell'asse industriale di Reggio Calabria, possiamo ipotizzare quanto effettivamente sia notevole – nonostante i pochi abitanti del paese – il peso politico di Idone.

Arriviamo anche a parlare di primarie, visto che il sindaco è un uomo del Pd.

«Hanno fatto le primarie false. Tanti giovani sono usciti dal partito... lui i giovani li ha abbandonati. Sono rimasti in quindici tesserati.»

Quale strada bisognerebbe percorrere per scoprire la verità sul delitto Scopelliti?

«Qua bisogna armarsi di cinture, come i kamikaze, e andare nei santuari» ironizza con sarcasmo. «Il problema sta nelle indagini... è lì che bisogna andare. Un bravo giornalista potrebbe... La "laguna" è lì. Se le indagini sono state fatte in un certo senso...»

Dicono che proprio nei pressi del luogo del delitto

passerà il nuovo tratto dell'autostrada Salerno-Reggio Calabria. I lavori avrebbero già preso il via.

«Sotto, sotto. È l'architetto Vermiglio che dirige tutto là... per conto della Impregilo, credo. Hanno già indennizzato tutti i residenti... Mi diceva un amico che li hanno indennizzati alla grande...»

Nel pomeriggio torniamo al Comune. Il sindaco arriva salendo le scale di corsa. Camicia, jeans e scarpe sportive, è un omone di un metro e ottanta.

Ci accomodiamo nel suo ufficio. Prima di tutto, com'è giusto, le presentazioni. È lui stesso a introdursi quale «il primo sindaco eletto direttamente dal popolo, con la riforma del 1993».

«Sono stato eletto tre volte, poi ho fatto altre cose [...] poi i giovani disoccupati di Campo Calabro mi hanno detto "dai Mimmo devi tornare", quindi sono tornato dopo aver avuto democraticamente un plebiscito.» Un plebiscito, quindi, per Idone, che alle amministrative del 2006 riuscì a sconfiggere, ironia della sorte, il sindaco uscente che di nome faceva Antonino Scopelliti (nessun legame di parentela con il giudice).

«È un paese che sta crescendo enormemente...» dice compiaciuto. «Il ponte dello Stretto dovrebbe venire praticamente qui. Credo che oggi Campo sia uno dei comuni della provincia di Reggio con il più elevato reddito pro capite medio per abitante. Se non il più elevato.»

«Questo» prosegue «Campo lo deve alla sua posizione baricentrica rispetto agli altri comuni. È una piccola oasi, rispetto al contesto complessivo... ma io mi sento figlio della Calabria, cittadino del mondo.

«Noi siamo una terra di bisogni, che esprime bisogni, dipendenze... Il sindaco, figlio di quel territorio, di quella comunità, è conosciuto da tutti. Per parlare con il sindaco non ci sono da superare trenta segreterie, venticinque cortei, quarantaquattro... non so... sanno anche dove abita.»

Al Nord si ritiene che la causa principale del mancato sviluppo del Sud sia la presenza della criminalità organizzata...

«Quando ero giovane come voi ero convinto che la presenza della criminalità organizzata fosse la motivazione del mancato sviluppo. Poi, dato che frequentavo persone di alto livello, parlando con una di queste – molto influente e che conosceva il mondo – mi disse: "Ma perché, a Los Angeles non c'è la mafia?".»

Idone suda vistosamente.

«Vedete, voi siete giovani, io vorrei essere ascoltato. Non sono il padreterno, ma presumo di non sbagliare. Quando parla Obama il messaggio arriva. Il problema è: è nato prima l'uovo o la gallina? Ognuno di noi ha qualità e difetti, nella vita c'è il bene e c'è il male, Dio ci ha fatti in questo modo... siamo fatti così. Ma parliamo di cose pratiche... del ponte per esempio.»

Il presidente della Regione Puglia Nichi Vendola ha detto che il ponte unirà due cosche e non due coste.

«Questo mi fa capire perché il presidente della Puglia prende il tre per cento.»

Ma è il presidente di una regione...

«È presidente perché l'ha votato tutta la mia parte politica, non per i suoi.»

Ma unirà o no due cosche?

«Questo non lo so. E poi, voi siete rivoluzionari... Io ero più rivoluzionario di voi, voi siete dei pulcini a confronto... nulla rispetto a me. Io mi sono stancato di queste cose. Capito qual è il problema?»

Ma non pensa che il problema sia anche che la Calabria, essendo una delle regioni cosiddette «obiettivo 1» dell'Unione europea e quindi tra le prime destinatarie di denaro pubblico, tra una truffa alla 488 e altri sperperi finisca per dare un'immagine negativa in Europa della nostra regione?

«Voi dando questo taglio date un cattivo servizio alla

vostra regione. Ad esempio, leggiamo i giornali... Milano, l'Expo. È pieno di inchieste eppure si fanno le cose, vedi? Cioè non facciamo una cosa perché aprono le inchieste. Ma io posso parlare di Campo Calabro.»

E parliamone...

«E no, ora non posso.»

Non ci è difficile capire che il sindaco non ha o non vuole avere più tempo per noi.

Apriamo velocemente l'argomento Scopelliti.

«Il giudice era un amico mio personale, di famiglia. Scopelliti e Idone... per parlare col giudice Scopelliti si passava... tanto per dire. Rapporto personale.» Idone ci informa di aver commissionato una scultura bronzea a «uno di Palermo» che «gliel'hanno segnalato» e che «ha fatto anche i bronzi di Falcone e Borsellino».

Ma senza andare a Palermo, possibile che qui a Campo Calabro nessuno sappia nulla riguardo il delitto del giudice Scopelliti? Il paese è piccolo, la gente mormora.

«Sei piccolo tu, non il paese. Io ti ho dato ospitalità, siete dei ragazzi straordinari ma purtroppo siete dei ragazzi. Dici delle cose senza significato. Ascolta! Io appena ti ho visto ti ho dato udienza. Allora, mi sarebbe piaciuto ascoltare un complimento nei riguardi degli amministratori e di chi li rappresenta.»

Semmai i complimenti gli potranno essere fatti dai suoi concittadini.

«Tu offendi un paese. Tu non hai memoria, perché non hai fatto nulla... non esisti e non hai titolo di parlare di Campo Calabro. Perché non conosci nulla, né tu né altri. Come faccio a parlare di Locri, anzi, di... di Cinisello Balsamo se non sono di Cinisello Balsamo?»

Lasciamo che sia lui a decidere come concludere: «Spero che diate un taglio che faccia onore a voi e a Campo Calabro. Che faccia onore a voi e a Campo Calabro».

A proposito di onore, come mai le commemorazioni

del giudice Scopelliti non si sono potute tenere a Campo? Rosanna, infatti, si è vista negare (con un fax su carta intestata del Comune) la piazza principale del paese a meno di due settimane dall'evento commemorativo del padre.

«È scomparsa, mi dispiace. Una brava ragazza.»

Smentisce la sua firma?

«Ho dato fiducia e ho aperto le porte ad una ragazza che l'ho persa.»

E se dovesse tornare?

«Io non vi conosco. Chi mi vuole cercare sa come farlo. Campo Calabro apre le porte a tutti.»

Anche alla mafia quindi?

«Queste provocazioni le fai tu.»

Quindi i Garonfolo a Campo Calabro sono sconosciuti? Non è vero quello che è scritto nei libri di Gratteri?

«Io non leggo queste cose. Vi ho ospitato, capito? Mi dispiace perché fate un cattivo servizio alla Calabria. E mi dispiace perché siete bravi ragazzi. Questo è un consiglio che dovete accettare: siete zavorra.

«Tu dovevi capire "sto andando a parlare con persone migliori di me"... Siete persone che date un cattivo contributo alla Calabria e ai calabresi. Siete dei rapinatori di democrazia. Se tu invece di fare chiacchiere avessi fatto un centesimo di quello che abbiamo fatto noi...»

Poi, prima di andarsene: «Non ho sentito ancora i tuoi complimenti. E quando andate in giro dovete ricordarvi una cosa: sto andando a parlare con persone migliori di me...»

Eccoli quelli «migliori».

A scuola dicevo che mio padre era morto in un incidente stradale. Quando firmavo i diari dei miei compagni o la foto di classe scrivevo Rosanna S. E, anche più grande, evitavo accuratamente di dire che ero la figlia del giudice Antonino Scopelliti.
Non so se fosse per timore di essere compatita, per paura di vedere violato il sacrificio di mio padre o per angoscia di sentire giudicato il mio silenzio. Sapevo, però, che il fremito che sentivo dentro pensando a lui non era nostalgia o emozione, ma una profonda e inestinguibile rabbia. Una rabbia troppo furiosa per poter essere tramutata in impegno.
Nel 2005, quando vidi la reazione dei giovani calabresi per l'omicidio del vicepresidente della Regione Francesco Fortugno, e quando, del tutto casualmente, incontrai Aldo Pecora, mi resi conto che non tutti avevano dimenticato mio padre. Capii che il mio silenzio, paradossalmente, era una violenza che facevo a me stessa.
Mi riappropriai della storia di mio padre, del senso della sua morte, cominciai a parlare di lui nelle scuole, mi riavvicinai con il cuore a quella terra che avevo voluto cancellare dalla mia memoria, e nella quale fino a quel momento mai e poi mai avrei pensato di voler ritornare ma che ora, piano piano, cominciavo a credere fosse «il mio posto».
Finalmente, attraverso un percorso tortuoso, ho trovato la forza per affrontare e metabolizzare il mio dolore e si è delineata quella che per me ormai è una necessità: far rivivere papà raccontando questa storia, anche perché sono convinta che dietro il suo assassinio c'è una verità che è stata spazzata via con precisione scientifica. E non avrò pace finché non l'avrò scoperta.

Radiografie

Gennaio 2010. La rivolta degli immigrati a Rosarno e l'ordigno fatto esplodere all'ingresso della Procura generale di Reggio Calabria, due fatti drammatici in meno di una settimana, fanno riaccendere i riflettori dei media nazionali. È un inseguirsi di telecamere e passaggi istituzionali. Sembra di rivedere le istantanee del dopo-Fortugno a Locri, nell'autunno del 2005.

La drammaticità di queste ultimissime vicende porterà anche il presidente Giorgio Napolitano a programmare un viaggio a Reggio Calabria, dove il ministero dell'Istruzione promuove un incontro rivolto agli studenti. La data scelta è, non a caso, il 21 gennaio: il giorno prima il giudice Scopelliti avrebbe compiuto settant'anni.[1]

È Nino Scopelliti l'esempio che l'istituzione scolastica e il capo dello Stato vogliono portare agli studenti. Ed è la prima volta dopo diciannove anni che un presidente della Repubblica rende omaggio al giudice campese.

Alla manifestazione partecipa anche Rosanna e le sue parole muovono le corde del cuore di tutti, nonostante la 'ndrangheta – proprio quel giorno in cui i tg nazionali

---

[1] Lo slogan scelto dal ministero per la manifestazione è «Liberi, onesti e coraggiosi». Ispirato a uno scritto di Antonino Scopelliti che è un po' il suo testamento morale e professionale: «Il giudice è quindi solo, solo con le menzogne cui ha creduto, le verità che gli sono sfuggite, solo con la fede cui si è spesso aggrappato come naufrago, solo con il pianto di un innocente e con la perfidia e la protervia dei malvagi. Ma il buon giudice, nella sua solitudine, deve essere libero, onesto e coraggioso...» («Gli Oratori del Giorno», aprile 1988).

sarebbero tornati a parlare di Antonino Scopelliti – sia riuscita a monopolizzare tutta l'attenzione facendo ritrovare un'automobile carica di armi e munizioni vicino la scuola che ospitava il presidente.

La missione di Rosanna è comunque andata a buon fine: finalmente, per la prima volta, c'è qualcuno che vuole dirci qualcosa sul mistero che avvolge l'uccisione di suo padre.

Aprile 2010. «Provo ancora oggi un dolore grandissimo, ogni volta che sento parlare Rosanna» mi racconta Vincenzo (uso un nome di fantasia per proteggere l'identità della mia fonte) al nostro appuntamento. E mentre racconta una lacrima gli scivola sul volto, rendendo tangibile l'emozione.

Lo rendo partecipe del disagio provato a Campo nel vano tentativo di strappare qualche considerazione sul delitto che non sfociasse nel solito ritornello corale. Sospira, poi scuotendo la testa mi dice: «Volevano seppellirlo come un vescovo, al giudice».

Questa è forse la metafora più efficace che si potesse trovare per spiegare il silenzio che ha sempre avvolto il giudice e la sua tragica fine. Come per un alto prelato: una volta celebrati i funerali, una volta che la salma è tumulata, la messa finisce e si va tutti in pace. Solo cordoglio intimo.

Che qualcuno deve essere seppellito come un vescovo vuol dire, nella tradizione popolare, che non si deve parlare del morto. Mai più. Anche se questi nella sua vita non ha fatto altro che del bene, la comunità deve andare avanti senza esser tormentata dal suo fantasma. Anzi, meno se ne parla e meglio è.

Figuriamoci se il morto in questione è il giudice Scopelliti, *'u megghiu cristianu 'ri Campu*. Un uomo faceva forse paura più da morto che da vivo, perché era l'orgoglio di tutti, ed era stato ucciso da mano mafiosa alle cinque e mezza del pomeriggio a pochi chilometri dal centro del paese. Nel territorio tutelato dalla *longa manus* dei fratelli Nino, Peppe e Antonio Garonfolo, che erano «amici di tutti» e che al tempo, anziché mimetizzarsi a bordo di anonime utilitarie, non esitavano a farsi vedere in giro a bordo di automobili blindate.

Quegli stessi Garonfolo, noti alla giustizia sin dalla seconda metà degli anni Settanta, che, proprio nei giorni precedenti l'assassinio, sarebbero stati visti dal faccendiere Giovanni Ranieri (che si trovava agli arresti domiciliari a circa quattrocento metri dal luogo dove fu teso l'agguato al magistrato) girare e rigirare lungo quel tratto di strada che collega Piale a Campo Calabro. Tant'è che Ranieri era convinto che o stessero preparando un piano per farlo fuori o che comunque lo avrebbero inguaiato. Una confidenza raccolta in carcere qualche tempo dopo da Giacomo Lauro.

Il nostro blitz campese dell'estate 2009 ha sortito, nel bene e nel male, un effetto certamente positivo: ora tutta la popolazione ha capito che c'è un forte interesse, non solo nostro, affinché si restituisca quanto meno il dovere della memoria a Nino Scopelliti.

Mi racconta Vincenzo, continuando il suo ragionamento, che nei giorni seguenti all'omicidio era stato ispirato a Campo, Villa e dintorni un certo «movimento d'opinione», composto da gente della media borghesia del territorio, per lo più donne. Un «progetto» dietro il quale, a suo dire, ci sono precisi nomi e cognomi. Per carità, nulla di illegale, nulla da nascondere.

Le parole di Vincenzo mi scaldano il cuore, perché oggi possiamo raccontare questa storia sotto una luce diversa, rompendo quel muro di gomma innalzato da chi voleva seppellire Nino Scopelliti come un vescovo, e che per essere sicuro di riuscire nell'arduo compito di affossarne il ricordo, non disdegnava che fossero alimentate anche voci infamanti.

Eppure esisteva uno sdegno muto di persone perbene, che certamente soffrivano nell'assistere inermi all'assassinio collettivo che mirava a uccidere una seconda, una terza, una quarta volta il giudice Scopelliti. All'infinito.

E Vincenzo mi dirà di più. Una vera e propria confidenza che evidentemente non riesce a trattenere: una circostanza della quale lui è venuto a conoscenza «quando è venuto fuori il fatto di Rosanna». Una circostanza che vedrebbe i tre fratelli Garonfolo al completo portare personalmente i propri voti augurali al giudice e alla sua famiglia la domenica di Pasqua del 1991.

Il confidente tiene però a precisarmi che si tratta di voci che girano sottotraccia, non confortate da alcun riscontro documentale o testimoniale. Anche se si lascia sfuggire: «C'è una sola persona che può smentire questa voce, la sorella del giudice».

«Sono andati a trovarlo a casa dei genitori, per chiedergli se era intenzionato a vendere il terreno del padre» continua Vincenzo. I Garonfolo, fatti accomodare nello studio di Nino, si sarebbero rivolti a lui dandogli del Voi e chiedendo in prima istanza se fosse effettivamente in vendita il terreno di famiglia, sostenendo che avevano saputo che fosse in vendita.

«E lui gli ha risposto: "Ma stiamo scherzando? Il fondo non si vende. Finché vivo io il fondo non si tocca".» Picche.

«Poi Antonio, il più grande, gli ha chiesto pure: "Ma è vero che vi siete preso il processone di Palermo? *Ma cu' vaa fici fari...*". E il giudice gli ha risposto: "È il mio mestiere".»

A noi oggi risulta che quel terreno, un vasto appezzamento agricolo che si estende per diversi ettari lungo le colline campesi, sia stato effettivamente venduto dopo la morte del giudice. E, forse, pagato in contanti.

È importante non tralasciare alcuna ipotesi. Proprio perché risultano agli atti processuali le rivelazioni di diversi pentiti, che parlarono di elargizioni economiche, di «milioni» e addirittura «miliardi» che sarebbero stati offerti al giudice nel tentativo di corromperlo. Miliardi che sarebbero serviti per un pressoché improbabile «aggiustamento» della requisitoria del «processone» e dei quali, stando agli accertamenti patrimoniali disposti dagli inquirenti, sui conti di Nino non v'era traccia alcuna.

Alla fine della nostra chiaccherata Vincenzo ci rimanda a un'altra fonte interessante, che per ragioni di opportunità chiameremo Maria.

Quando vede di fronte a sé Rosanna – che seppur in religioso silenzio ha voluto comunque essere sempre presente a questi incontri – la accarezza, e piange anche lei mentre la abbraccia con fare materno, come se si sentisse caricata delle colpe di chi non ha mai contribuito a raggiungere la verità sull'eliminazione del padre. «Rosanna, qualcuno si porterà certi rimorsi fino alla morte. Io non voglio averne» dice.

Maria ci riferisce una situazione altrettanto verosimile rispetto a quella raccontata da Vincenzo: siamo presumibilmente alla fine di agosto del 1994, a Musalà, frazione di Campo Calabro, a ridosso della festa della Madonna del Carmine, molto venerata in questa zona.

Alle feste paesane ci si ritrova un po' tutti, amici e parenti emigrati, vecchi compagni di scuola. E può capitare che anche qualche latitante, approfittando della confusione, ne approfitti per rivedere amici e parenti.

E in occasione della festa patronale a Musalà si organizza la tradizionale *frittulàta*, ovvero una grande sagra a base di frìttole calabresi, vere e proprie prelibatezze ipercaloriche tipiche del reggino, ottenute bollendo gli scarti di carne meno nobili del maiale nel suo stesso lardo.

Una *frittulàta* dove verosimilmente ci sono grandi tavolate, dove si ride, si mangia e scorrono litri e litri di buon vino locale.

E forse sarà colpa di qualche bicchiere di troppo se

qualcuno verrà a conoscenza della «voce» che Maria sta per riportarci. «Le solite voci che girano da tempo, non sono in grado di confermarle o meno» tiene a precisare anche lei.

«A quella *frittulàta* qualcuno, forse proprio la persona che aveva acquistato il fondo [degli Scopelliti, *NdA*], ha confidato di aver trovato una moto che era interrata in una specie di grotta naturale della sua proprietà.»

Quel fondo che, secondo quanto ci ha rivelato Vincenzo, i Garonfolo avevano chiesto al giudice di poter acquistare. Ma soprattutto una moto.

Ed è proprio la moto uno dei primi misteri di questa storia: quella dalla quale presumibilmente il 9 agosto 1991 furono esplosi due colpi di fucile caricato a pallettoni. E che la giustizia non è mai riuscita a trovare.

«Dicono che è stata venduta,» dice Maria «o regalata, a qualcuno nella Piana di Gioia Tauro. O per farla sparire o per farci altri traffici.»

Saranno pure voci, sussurri, pettegolezzi. Ma è stato bene raccoglierli e riportarli.

Epilogo

Roma, 3 dicembre 2005. Avevo promesso a Gianni di partecipare a una piccola cerimonia a Villa Paganini in memoria del giudice Antonino Caponnetto.

Gianni è un vecchio amico di mio padre, uno di quei romani di cuore, con in tasca la tessera dell'Associazione nazionale Partigiani (anche se – come ama ripetere – durante la guerra lui aveva ancora i calzoni corti) e il Tricolore sempre con sé nel bagagliaio della macchina. Quando decisi di iscrivermi alla Sapienza per i primi mesi fui suo ospite a Ostia.

Fino a qualche settimana prima mi trovavo – mio malgrado – a Locri, in prima linea nell'organizzazione delle mobilitazioni giovanili a seguito dell'omicidio del vicepresidente del Consiglio regionale della Calabria, Franco Fortugno.

Ai suoi funerali ci presentammo in sei. Avevamo uno striscione, fatto da me con delle vernici spray su un vecchio lenzuolo bianco. C'era scritto: «E adesso ammazzateci tutti». Da quel giorno la mia vita aveva preso una strada inaspettata.

Non ero mai stato a Villa Paganini: in rete scoprii che la giunta Veltroni aveva simbolicamente intitolato i viali interni alle vittime di mafia. Viale Rita Atria, viale Giovanni Falcone e Paolo Borsellino, viale Peppino Impastato, largo Vittime di tutte le mafie. Non mancai di notare subito che neanche uno era intitolato a vittime della 'ndrangheta, la mafia calabrese.

La cerimonia durò circa un'ora. Alcuni interventi, tra

i quali il mio, poi un minuto di raccoglimento. Al termine, mentre stavo per congedarmi, notai con la coda dell'occhio una signora che con tono deciso diceva alla figlia: «Vai a conoscere quel ragazzo».

Questa, evidentemente contrariata, procedeva con passo timido verso di me.

Avrà più o meno la mia età, pensai. I capelli erano raccolti in una coda di cavallo e i tratti del suo viso sembravano sfiorati da un velo di tristezza.

Si trovava lì per puro caso, aveva portato il suo gatto, malato, dal veterinario che affaccia sulla cancellata laterale della Villa, perché non soffrisse più. «Piacere, Rosanna. Ho seguito in tv e alla radio le vostre manifestazioni contro la 'ndrangheta... Volevo dirvi grazie» si giustificò.

Mi spiegò di essersi fermata a seguire le battute finali della cerimonia dopo aver riconosciuto «nonna Betta», la vedova Caponnetto, molto cara alla sua famiglia. Questo cominciò a suscitare in me un po' di curiosità.

Tentavo di stimolare il dialogo, non volendo farle pesare la sua timidezza (riservatezza, capirò poi) a dir poco ostentata.

Poi, salutandomi, Rosanna si lasciò sfuggire (quasi provocatoriamente): «Vi prego, non fate con Fortugno come i calabresi hanno fatto con mio padre nel 1991... Io sono la figlia del giudice Scopelliti. Ma sicuramente neanche tu lo conosci...».

Quel sabato di fine autunno era successo ciò che mai avrei immaginato potesse accadermi: proprio io – che fino ad allora nei miei interventi pubblici e negli incontri con gli studenti delle scuole avevo sempre ricordato la figura del giudice Antonino Scopelliti, il «Falcone calabrese», l'integerrimo sostituto procuratore generale della Suprema corte di Cassazione – venivo direttamente a conoscenza di una verità fino a quel momento sconosciuta e inimmaginabile: Scopelliti aveva una figlia, una figlia della cui esistenza quasi nessuno, per circa quindici anni, era venuto a conoscenza.

«Tu devi venire con me nelle scuole.» Sono le prime parole che riuscii a dire.

Rosanna non appariva affatto convinta, anzi, forse si stava già pentendo di avermi confidato quella verità.

Ma ormai lo aveva fatto. Rimediai il suo numero di cellulare e il suo indirizzo e-mail e una volta a casa scrissi immediatamente un post sul forum di Ammazzateci Tutti. Raccontai di Villa Paganini e di Rosanna, riportando anche le uniche quattro righe «ufficiali» sul giudice Scopelliti che al tempo si riuscivano a reperire in rete.

Poi scrissi a Rosanna, su Messenger: «Ciao, Rosanna Scopelliti».

«Ciao. Puoi chiamarmi solo Rosanna, per favore?» Avevo diciannove anni.

Lo farò se ti iscriverai al nostro forum, rilanciai.

Lo fece. Poi, piano piano, tra interventi «pubblici» sul forum e intere serate trascorse a chattare, Rosanna entrò in poco tempo nello spirito del gruppo, pur rimanendo una sorta di entità virtuale per tutti, in quanto solo io – ai tempi – la conoscevo personalmente.

E sono quelle conversazioni, che ancora oggi custodisco, a testimoniare quanto difficile possa essere stato per una figlia cominciare a riappropriarsi di un'identità dolorosa e negata.

Inizialmente erano frammenti di ricordi che pian piano, durante anche i successivi incontri con Rosanna a Roma, emersero dai cassetti della memoria della sua infanzia.

Aveva sette anni quando la mafia, il 9 agosto del 1991, uccise suo padre. Una bambina di sette anni che vede le immagini dell'agguato dal divano, trasmesse dal telegiornale della sera.

Più conoscevo Rosanna e più mi rendo conto di quanto la sua storia e quella di suo padre fossero come un puzzle impossibile, fatto di milioni di tessere sparpagliate e in alcuni casi indecifrabili. C'era un giudice ucciso, un matrimonio segreto, una figlia invisibile.

Erano trascorsi quindici anni dal delitto e Rosanna e la mamma erano state lasciate quasi sole. Praticamente nessuno in Calabria aveva dimostrato interesse alle sorti del delitto: il processo, allora da poco concluso in Cassazione, aveva messo la parola fine sul caso. Neanche a dirlo, tutti assolti.

Per poter fare verità e giustizia in un Paese purtroppo facilmente incline a dimenticare era necessario prima di tutto raccontare questa storia sin dall'inizio, alla gente, facendo conoscere in tutta Italia, città per città, angolo per angolo, la storia del giudice Antonino Scopelliti.

Così è cominciato un lavoro di indagine spasmodica, alla ricerca di ogni particolare utile a mettere assieme quanti più pezzi possibili del grande puzzle.

Per prima cosa bisognava ricostruire «giornalisticamente» il profilo personale e professionale del giudice, attraverso i ricordi di Rosanna, della mamma, la professoressa Anna Maria Sgro, delle persone che lo avevano conosciuto (compaesani, colleghi, conoscenti) e poi raffrontarli e integrarli con indagini tra le cronache e le carte processuali di quegli anni.

Solo successivamente, continuando a raccontare del giudice, e quindi creando intorno a questi un clima di affetto, avremmo potuto iniziare la scalata a mani nude di una enorme montagna, con la pretesa di raggingere la verità sull'omicidio.

Così, con gli occhi fissi alla vetta, è nato *Primo sangue*.

Un senso a questa storia

L'essenziale è invisibile agli occhi
ANTOINE DE SAINT-EXUPÉRY

Scalata verso la verità

La prima cosa che mi sono trovato tra le mani all'inizio di questa avventura sono una manciata di ricordi offuscati che Rosanna via via andava affidandomi assieme ad alcuni ritagli di giornale. Credo una trentina in tutto tra originali e fotocopie, sbiaditi dal tempo, e che aggiunti e incastrati con il mio archivio ci aiutarono a completare una ricostruzione storica puntuale.

Successivamente arrivarono le seicentonovantatré cartelle delle sentenze e altre diecimila e più tra interrogatori dei collaboratori di giustizia e trascrizioni delle udienze dibattimentali. E poi gli articoli scritti dal giudice in quindici anni su «Gli Oratori del Giorno».

Sono andato alla ricerca di testimonianze attraverso le quali ho cercato di allargare il raggio d'azione e di ricerca della verità.

Le voci dei cittadini di Campo Calabro, e le confidenze circa il terreno chiesto in vendita dai fratelli Garonfolo (i mafiosi del posto) al giudice il giorno di Pasqua del 1991, terreno poi venduto dopo la sua morte. E di una moto che sarebbe stata interrata proprio nei pressi di quel fondo.

Ho parlato al telefono con il dottor Sandro Lopez, il consulente balistico che ha effettuato gli esami tecnici e scientifici sui pochissimi indizi lasciati dai killer di Scopelliti, killer che Lopez definisce «certamente esperti», perché non hanno fatto rinvenire sulla scena del crimine neanche un bossolo. «Quando in altri omicidi avvenuti in quegli stessi anni a Reggio noi siamo riusciti attraverso i proiettili o i bossoli pure a risalire alle pistole e ai fucili che avevano sparato.»

Ho a lungo conversato con il procuratore aggiunto Nicola Gratteri, il quale mi ha rivelato di lamentele degli operatori di polizia giudiziaria che registravano difficoltà nelle indagini seguenti il delitto del giudice. Racconta Gratteri: «Mi dissero che sono state rallentate le indagini. Che per due, tre giorni non si capì nulla».

E ho colto lo sdegno nelle parole dell'ex magistrato Salvatore Boemi, memoria storica dell'antimafia reggina, che non ha usato mezzi termini per giudicare la sentenza di assoluzione dei boss della Cupola: «pilatesca».

E poi si sono aggiunte le frasi spezzate di Massimo Ciancimino. Verso la fine di agosto 2010 ho chiesto all'amico giornalista Saverio Occhiuto di darmi una mano: volevo capire se il figlio di Don Vito, custode dei famosi archivi del padre, fosse a conoscenza o meno di qualcosa sulla vicenda Scopelliti. Saverio ha sentito Francesco La Licata, il quale a sua volta ha girato la domanda a Ciancimino, che ha risposto: «Mai parlato di Scopelliti». Criptico, come sempre. Cosa avrà voluto dire? Prima opzione: non lo so e nessun magistrato mi ha mai posto il quesito. Seconda opzione: lo so ma nessun magistrato mi ha mai posto il quesito. Oppure, terza ipotesi: lo so ma non ne voglio parlare.

Ad ogni modo prendiamo atto di questa sua nuova dichiarazione. Mai parlato di Scopelliti.

Nonostante il lavoro preparatorio alla stesura di *Primo sangue* sia durato molti anni, sono tante le domande alle quali non sono riuscito a trovare risposta. Non ho avuto modo, per esempio, di verificare se tra gli argomenti trattati nelle ultime dichiarazioni del pentito Gaspare Spatuzza – le cui rivelazioni hanno contribuito a far riaprire le indagini per la strage in cui perse la vita il giudice Paolo Borsellino – vi sia stato anche l'omicidio del giudice Scopelliti: pare infatti che gli atti dell'interrogatorio dei magistrati di Reggio Calabria siano stati secretati.

Ho fatto tutto quanto mi era possibile per individuare, sbrogliare e risistemare i fili di questa storia e per non lasciare alcuna strada inesplorata.

Si scrive 'ndrangheta, si legge mondo

Oggi la 'ndrangheta, la mafia calabrese, è considerata la mafia più potente del mondo, tanto che è stata censita dall'intelligence degli Stati Uniti nelle prime posizioni nella blacklist delle organizzazioni criminali più temibili a livello internazionale.

Si ritiene che i clan calabresi incassino mediamente circa quarantacinque miliardi di euro all'anno con il solo traffico di cocaina. Considerato che la Calabria ha un Prodotto interno lordo annuale medio di cinque miliardi di euro, il bilancio è inquietante: la 'ndrangheta produce in un anno nove volte tanto quello che produce l'economia legale calabrese. La mafia, in Calabria, è nove volte più forte dello Stato. Quantomeno economicamente.

Fino a pochi anni fa, però, molti la ritenevano meno importante di Cosa Nostra e della Camorra. O comunque mediaticamente meno interessante. Nomi come Mammoliti, De Stefano, Piromalli, Condello non dicevano nulla in confronto a quelli altisonanti ed evocativi della Cupola.

Ci sono voluti fatti eclatanti come l'omicidio Fortugno e la strage di Duisburg per capire che c'era una zona, in Italia, in cui lo Stato non riusciva più ad affermare la propria sovranità. Una regione in cui il controllo del territorio era esercitato a suon di pallottole, e i confini marcati col sangue.

Qui in Calabria, se muori ucciso dalla Salerno-Reggio Calabria o dalla Statale 106 (meglio nota come «strada della morte») o se cadi sotto i colpi di lupara, kalashnikov o revolver, non fa alcuna differenza.

Come scriveva Corrado Alvaro, «la gente, in Calabria, reclama il delitto». Per questo esiste la 'ndrangheta.

Un favore fatto ai siciliani

Se la 'ndrangheta oggi è la mafia più forte del mondo, lo è perché ha avuto la benedizione di Cosa Nostra e Camorra.

I siciliani sapevano che presto tutto sarebbe cambiato. Troppi errori, troppe follie, troppi pentiti. L'impero di Totò *'u curtu* era destinato a sgretolarsi irrimediabilmente.

Falcone e Borsellino stavano vincendo. Lo Stato si sarebbe ripreso la Sicilia. E di lì si sarebbe ripreso tutta l'Italia.

Per questo, forse, serviva un alleato fidato, un erede capace di poter gestire il testimone dell'egemonia mafiosa nel mediterraneo e in Europa. Una «staffetta» che non poteva avvenire con un pizzino, un contratto, una stretta di mano. Nella mafia i patti si fanno col sangue. Sempre.

E dopo questo lungo percorso di ricerca della verità noi crediamo, ancora oggi, che quel patto sia stato fatto col sangue del giudice Antonino Scopelliti.

Il versante calabrese

Lo Stato italiano ha ancora un grande debito di riconoscenza nei confronti del giudice, della sua famiglia e di quella Calabria che non vuole dimenticarlo.

Rosanna, l'unica figlia, per i primi vent'anni della sua vita ha vissuto nascosta, prima perché il suo amatissimo papà, che di nemici ne aveva tanti, temeva che per ritorsione qualcuno potesse farle del male. Poi, dopo il 9 agosto 1991, perché si temeva per l'incolumità sua e della madre. Nascosta, prima e dopo la morte del padre.

Ma nell'autunno del 2005 Rosanna capisce che in Calabria qualcosa sta cambiando: i ragazzi manifestano, la gente sembra essere finalmente presente. E i media danno ampio respiro a questa nuova primavera.

Riprende in mano la propria storia e quella di suo padre, al cui sacrificio sente di dover restituire finalmente verità e giustizia.

Nel 2008 i Carabinieri del Ros di Reggio Calabria arrestano il superboss della 'ndrangheta Pasquale Condello, il Supremo, ribattezzato dalle cronache «il Provenzano calabrese».

Senza mezzi termini Rosanna Scopelliti poco tempo dopo gli si appella pubblicamente in piazza a Reggio Calabria di fronte a centinaia e centinaia di cittadini: «Signor Condello, dimostri ai suoi figli di possedere ancora un briciolo d'onore, si penta e dica tutto quello che sa sulla morte di mio padre».

Il 27 aprile 2010 gli uomini e le donne della squadra mobile di Reggio Calabria catturano anche Giovanni Tegano, l'ultimo dei boss reggini ancora non assicurato alla giustizia. È l'«uomo di pace», come lo salutano tra applausi e urla decine e decine di accoliti giunti di fronte alla Questura. Certamente quella pace passata dall'affare Scopelliti.

Giorgio De Stefano, Pasquale Condello, Giovanni Tegano. I loro nomi risultano messi a verbale in decine di interrogatori dei pentiti. Stando anche solo a quelle dichiarazioni già agli atti della Direzione distrettuale antimafia, oggi che i tre capi della 'ndrangheta reggina sono nelle mani dello Stato, potrebbero finalmente rispondere alla magistratura delle responsabilità del cosiddetto «versante calabrese» nell'omicidio del giudice.

Dando così un senso a questa storia.

Appendice

Perché Scopelliti? Mafia, i nuovi bersagli

Giovanni Falcone, «La Stampa», 17 agosto 1991

L'ultimo delitto eccellente – l'uccisione di Antonino Scopelliti – è stato realizzato, come da copione, nella torbida estate meridionale cosicché, distratti dalle incombenti ferie di Ferragosto e dalla concomitanza di altri gravi eventi, quasi non vi abbiamo fatto caso.

Unico dato certo è l'eliminazione di un magistrato universalmente apprezzato per le sue qualità umane, la sua capacità professionale e il suo impegno civile. Ma ciò ormai non sembra far più notizia, quasi che nel nostro Paese sia normale per un magistrato – e probabilmente lo è – essere ucciso esclusivamente per aver fatto il proprio dovere.

Ma se, mettendo da parte per un momento l'emozione e lo sdegno per la feroce eliminazione di un galantuomo, si riflette sul significato di questo ennesimo delitto di mafia, ci si accorge di una novità non da poco: per la prima volta è stato colpito direttamente il vertice della magistratura ordinaria, la Suprema corte di Cassazione.

Non è questa la sede per azzardare ipotesi, né si pretende di suggerire nulla agli investigatori; ma il dato di cui sopra è sicuramente di grande importanza e merita particolare attenzione.

Non importa stabilire quale sia stata la causa scatenante dell'omicidio, ma è certo che è stato eliminato un magistrato chiave nella lotta alla mafia, uno dei più apprezzati collaboratori del procuratore generale della corte di Cassazione, addetto alla trattazione di gran parte dei più difficili ricordi riguardanti la criminalità organizzata.

Queste qualità della vittima, ignote al grande pubblico, erano ben conosciute invece dagli addetti ai lavori e, occorre sottolinearlo, anche dalla criminalità mafiosa. L'eliminazione di Scopelliti è avvenuta quando ormai la Suprema corte di Cassazione era stata investita dalla trattazione del maxiprocesso alla mafia palermitana e ciò non può essere senza significato. Anche se, infatti, l'uccisione del magistrato non fosse stata direttamente collegata alla celebrazione del maxiprocesso davanti alla Suprema corte, non ne avrebbe comunque potuto prescindere nel senso che non poteva non essere evidente che l'uccisione avrebbe influenzato pesantemente il clima dello svolgimento del maxiprocesso in quella sede. E se tale ovvia previsione non ha fatto desistere dal delitto, ciò significa che il gesto, anche se non direttamente ordinato da Cosa Nostra, alla stessa non era sgradito. Non si dimentichi, si ribadisce, che Antonino Scopelliti era un magistrato la cui uccisione avrebbe sicuramente determinato l'addensarsi di pesanti sospetti su Cosa Nostra, come in effetti è avvenuto.

Si aggiunga che l'omicidio di Scopelliti è avvenuto in territorio di Calabria, in una zona dove finora non erano stati uccisi magistrati o funzionari impegnati nella lotta alle cosche. Ciò è stato correttamente interpretato come un preoccupante «salto di qualità» che non potrà non influenzare il futuro della lotta alle organizzazioni mafiose calabresi e che già da adesso, suona come un grave segnale di pericolo per tutti coloro che in quelle terre sono impegnati in questa, finora impari, battaglia. Se così è – e purtroppo ben pochi dubbi possono sussistere al riguardo – le conseguenze sono veramente gravi.

È difficilmente contestabile, infatti, che le organizzazioni mafiose (Cosa Nostra siciliana e 'ndrangheta calabrese) probabilmente sono molto più collegate tra di loro di quanto si affermi ufficialmente e che le stesse non soltanto conoscono il funzionamento della macchina statale, ma non hanno esitazioni a colpire chicchessia, ove ne ritengano l'opportunità; e alla luce dell'esperienza fatta non si può certo dire che queste organizzazioni abbiano fatto passi falsi.

Non sembri un caso che il maxiprocesso – qualunque ne sia la valutazione che ognuno ritenga di darne in termini di efficacia alla lotta alla mafia – sia stato scandito in tutte le sue fasi, a cominciare dalle investigazioni preliminari, da assassinii di magistrati e di investigatori con conseguente pesante e inevitabile condizionamento psichico per tutti coloro che per ragioni di ufficio se ne sono dovuti occupare.

Adesso il maxiprocesso – che gronda del sangue dei migliori magistrati e investigatori italiani – è approdato all'ultima istanza di giudizio, la Cassazione, ed era stato affidato a chi, Antonino Scopelliti, già più volte, con serenità e coraggio, aveva espresso il punto di vista della pubblica accusa, in ultimo opponendosi alla scarcerazione preventiva per decorrenza dei termini degli imputati; scarcerazione poi concessa dalla Suprema corte con conseguente intervento governativo.

Non ci vuol molto a capire, allora, che, a parte le eventuali causali dell'omicidio di Scopelliti, lo stesso sarebbe stato inevitabilmente recepito dagli addetti ai lavori come una intimidazione nei confronti della Suprema corte e che se è stato tuttavia consumato, le organizzazioni mafiose non temono le eventuali reazioni dello Stato.

Ognuno è in grado di comprendere, dunque, qual è il grado di pericolosità raggiunto dalle organizzazioni mafiose.

L'opinione pubblica, nel periodo del terrorismo, ha cominciato a rendersi conto della sua pericolosità con l'inizio degli attentati contro persone che, sconosciute ai più, rivestivano in realtà grande importanza nei meccanismi produttivi del Paese (vedi, per esempio, l'omicidio di Carlo Ghiglieno a Torino). Probabilmente stiamo attraversando adesso, nel campo della criminalità organizzata, una fase analoga. Si spera che l'ultimo infame assassinio faccia comprendere quanto grande sia la pericolosità criminale delle organizzazioni mafiose e che se ne traggano le conseguenze. Al riguardo, nel rilevare che attualmente è tutto un fiorire di ricette per battere la criminalità organizzata, ci si permette di suggerire che, ferma l'opportunità di scegliere moduli organizzativi adeguati, è giunto ormai il tempo di verificare sul campo la bontà degli stessi e, nel concreto, l'effettivo impegno antimafia del governo.

La lotta alla ’ndrangheta, oggi
Conversazione con Nicola Gratteri

Nicola Gratteri è forse il magistrato più esposto contro la ’ndrangheta. Ne conosce ogni segreto, perché è uno di quei pochi investigatori vecchia maniera in circolazione: non si limita a studiare il singolo caso. Lui entra direttamente nella testa di spietati killer, trafficanti di droga, boss. È in grado di decifrare quando mentono e quando dicono una mezza verità, perché sa come vivono, come pensano, come parlano.

L’ho conosciuto personalmente dopo i fatti di Locri, quando era sostituto alla Direzione distrettuale antimafia di Reggio Calabria, e in questi anni abbiamo avuto modo di incontrarci diverse volte, sia privatamente che in alcune iniziative pubbliche.

Non vorrei azzardare alcun paragone, ma se da un lato Boemi ricorda il modo di fare e di essere di Falcone, dall’altro Gratteri, con il suo carattere schivo, pragmatico, con il suo approccio «sbirresco» in ogni indagine, forse anche per quella timidezza nascosta dalla corazza del magistrato duro e puro, sembra incarnare uno straordinario modello calabrese di tutto ciò che era e rappresentava Paolo Borsellino per la Sicilia e i siciliani.

Vive scortato e non ha più una vita privata. È sorvegliato a vista anche quando va al mare con la moglie e i figli. Impiega le sue ferie per andare a incontrare i ragazzi nelle scuole e per presentare *Fratelli di sangue* e *La malapianta*, i due best seller scritti con Antonio Nicaso.

«Gratteri *fici disgrazi 'nta Ionica.*» È una delle parti della registrazione ambientale effettuata dagli inquirenti durante un colloquio nel carcere di Melfi tra Vincenzo Macrì, «u baruni», nipote del potentissimo boss di Siderno, Antonio Macrì, assassinato a metà degli anni Settanta, e un suo fedelissimo, sposato con la figlia, latitante da qualche giorno, anch'egli coinvolto nell'operazione «Nostromo» contro la cosca Coluccio-Macrì, eseguita dai Ros dei carabinieri. Dal tono dell'affermazione si evince tutto l'odio della 'ndrangheta calabrese nei confronti di Nicola Gratteri e delle forze di polizia per le numerose operazioni condotte contro il traffico internazionale di stupefacenti che vede la 'ndrangheta come snodo principale per tutto il continente europeo. «*Picchì tuttu chissu sangue?*» chiede il giovane interlocutore al vecchio boss, dopo avere capito che il tritolo destinato al sostituto procuratore della Repubblica, Nicola Gratteri, doveva anche essere utilizzato per la distruzione della sua scorta. La registrazione, inoltre, fa fede anche dei rapporti costruiti dal boss sidernese con le potenti «famiglie» del Vibonese, alle quali si sarebbero rivolti i suoi emissari per acquistare l'esplosivo da far brillare contro Nicola Gratteri e i suoi angeli custodi. Intanto il magistrato preso di mira continua a lavorare nel suo ufficio presso la Procura della Repubblica di Reggio Calabria, e nei suoi confronti è stata rafforzata la vigilanza. Motivi di sicurezza lo hanno anche costretto ad allontanarsi momentaneamente dalla famiglia, per alloggiare in una delle tante caserme dell'Arma dislocate in città. «Stiamo valutando con estrema attenzione ogni parola intercettata e ogni risvolto che potrebbe sottendere – afferma uno degli inquirenti – poiché la decisione di preparare un attentato contro il dottore Gratteri non può essere frutto soltanto della decisione di una o due cosche della Locride, ma implica il consenso del ghota 'ndranghetistico dell'intera provincia. Al massimo dieci "famiglie", tra Reggio città, Piana di Gioia Tauro e Ionica, il cui assenso è strategico per effettuare un atto criminale di tale portata.» Prosegue, dunque, febbrile l'attività di «decodifica» dei riscontri da parte degli inquirenti e non si esclude l'ipotesi di un allargamento delle eventuali responsabilità in ordine alla preparazione dell'attentato anche nei confronti dei «notabilati» della 'ndrangheta ionica e tirrenica.

(da «Il Giornale di Calabria»)

Gli ho chiesto di concedermi questa intervista, nel tentativo di mettere a fuoco alcuni fotogrammi che possano dare un'idea quanto più precisa sia per quanto concerne l'approccio metodologico di un qualificato investigatore, sia per raccontarci qualcosa di quella 'ndrangheta che negli ultimi vent'anni è diventata la mafia più potente del mondo.

IL DELITTO SCOPELLITI

Ricorda cosa stesse facendo nel momento in cui apprese dell'assassinio del giudice Scopelliti?
Era estate, il 9 agosto. Ricordo che ero a casa, in giardino. Ero entrato in magistratura da poco, non conoscevo Scopelliti né a dire il vero sapevo chi fosse. È stato un evento che mi ha impressionato tantissimo, tanto che il giorno seguente ho acquistato decine di giornali per cercare di capirne un po' di più.

Ricordo soprattutto il profilo che veniva dato della vittima: una persona per bene, una persona colta, distinta. Un signore, insomma.

E ricorda se fu un evento che «coinvolse» il mondo delle istituzioni, della società civile, dell'informazione locale e nazionale, come sarebbe avvenuto quattordici anni dopo per l'omicidio Fortugno?
Ricordo che scese in Calabria il presidente della Repubblica Cossiga e che la polizia giudiziaria sembrava lamentarsi del fatto che questa venuta non consentì loro di

poter lavorare alle primissime indagini. Non ricordo con precisione chi me lo disse, ma la frase era più o meno che «è da due giorni tre giorni che non si campa». Perché tutti venivano e volevano sapere, volevano vedere, cercare di capire.

Sui giornali la vicenda Scopelliti venne trattata per pochissimi giorni, ma non ci fu nessuna reazione da parte della cosiddetta società civile. Dopo pochi giorni non se ne parlò più nemmeno a livello istituzionale. Se guardiamo a questi aspetti non c'è proprio paragone con il delitto Fortugno.

Infatti l'idea più o meno diffusa è che di 'ndrangheta si sia cominciato a parlare seriamente solo negli ultimi anni, dopo l'omicidio del vicepresidente del Consiglio regionale della Calabria...
Si era parlato di 'ndrangheta ai tempi dei sequestri di persona, soprattutto quelli compiuti al Nord. Poi basta. L'attenzione sulla 'ndrangheta è aumentata dopo l'omicidio Fortugno.

IL MESTIERE DELL'INVESTIGATORE

Sappiamo che non ama commentare fatti e indagini di cui non si sia occupato in prima persona. Ma ponendo il caso che lei si trovasse a dover esperire le prime indagini su un omicidio di 'ndrangheta, ci vuole spiegare come procederebbe?
Nel caso di un omicidio la prima cosa è bloccare e isolare i luoghi teatro del delitto. Poi, impedire che si avvicini qualcuno, anche la polizia giudiziaria non incaricata ai lavori.

Perché spesso accade che quando c'è un fatto eclatante molta gente va a curiosare sulla scena dell'omicidio. Personalmente sono terrorizzato quando vedo cinquanta persone intorno a un cadavere, perché c'è il rischio di cancellare tracce importanti, i segni di un copertone, le tracce di un proiettile. C'è il rischio, anche inconsapevolmente, di inquinare prove importanti ai fini dell'indagine.

Chi può essere presente sulla scena del crimine?
Possono entrarci solo il medico legale, la Polizia scientifica, i Ris, o comunque solo e soltanto coloro che sono specializzati nel prelevare i rilievi che serviranno alla polizia giudiziaria per cercare di risolvere il caso. L'investigatore di polizia giudiziaria deve lavorare a stretto contatto di gomito con gli specialisti della Scientifica. Uno non può fare a meno dell'altro.

La scena del delitto viene sottoposta a sequestro? E se sì, per quanto tempo?
Non c'è un tempo massimo né un tempo minimo. Si deve bloccare e sequestrare il luogo fino a quando non vengono eseguiti tutti i rilievi che Polizia scientifica e magistrato ritengono necessari.

Chi è responsabile delle indagini?
Dal momento in cui viene avvertita la procura la responsabilità delle indagini è del pm, che deve coordinare gli ufficiali della Pg e dare a ognuno un proprio ruolo, altrimenti si rischia di creare solo confusione.

È facoltà del magistrato chiedere l'intervento della Polizia scientifica piuttosto che dei Ris?
È compito di chi arriva prima sulla scena del delitto. Di solito vengono avvertiti carabinieri o polizia e contestualmente il magistrato.

Poi è normale che se ad arrivare per primi sono i carabinieri allora questi chiedano l'intervento dei Ris, se invece è la Polizia di Stato a giungere per prima sul posto viene richiesto l'intervento della Scientifica.

Apro una parentesi. Mi conferma che nel caso Scopelliti la Pg le disse che non poterono esperire le prime indagini?
Sì. Mi dissero che sono state rallentate le indagini. Che per due, tre giorni non si capì nulla.

E stando alla sua esperienza, secondo lei quanto un episodio del genere ha potuto inficiare le indagini?
Questo non si può stabilire, sarebbe stato necessario essere lì. Bisognerebbe capire come è stato fatto il sopralluogo, che, in caso di omicidio, è la cosa più importante. Poi si va alla ricerca di elementi che permettono di ricostruire gli spostamenti, gli incontri della vittima prima dell'omicidio. È un lavoro certosino.

Ecco, torniamo sull'indagine-tipo. C'è una prassi? Nel senso, si cerca prima il killer, o si ricostruiscono prima il movente e l'ipotetico mandante?
Le indagini vanno di pari passo. Le due cose non sono in contrasto: si parte dalla ricerca degli esecutori materiali e si seguono le tracce che emergono dal sopralluogo, tracce che ci sono in ogni omicidio. Contemporaneamente bisogna contestualizzare il fatto di sangue. Bisogna cercare di trovare il movente, le cause che lo hanno determinato. Senza contesto non è possibile fare luce su un omicidio.

Può essere discrezione del magistrato scegliere di seguire prima le piste di un ipotetico movente piuttosto che identificare i killer?
No, è un errore. Bisogna cercare di lavorare su entrambi i campi. Altrimenti non sarebbe un'indagine completa. E soprattutto non bisogna mai accontentarsi della prima ipotesi, ma cercare di ragionare e valutare almeno su due, tre causali, e se ci sono gli elementi ripercorrerle tutte. Per esempio, capita che ci siano molti informatori ufficiali della 'ndrangheta che scientificamente cercano di forviare le indagini. Bisogna stare molto attenti.

E quando non ci sono testimoni oculari, la prima cosa che un investigatore può fare qual è? Per esempio, nessuno ha visto né sentito nulla, poi cominciano a mettersi in giro voci ed essere ascoltati informatori e anche «suggeritori»...
Anche questo è un lavoro da fare. Bisogna cercare di stare addosso a questi suggeritori. Capire perché il suggeritore ci viene a dire certe cose, capire se è una sua convinzione, se è mandato da qualcuno, e quali siano gli eventuali motivi che lo ispirano. È importante riuscire a interpretare a fondo ogni segnale.

Qual è l'organo deputato a raccogliere questo tipo di informazioni?
L'informatore va dalla polizia giudiziaria. Il magistrato non può avere informatori.

Quindi direttamente polizia o carabinieri...
Esatto. Anche Servizi...

Può capitare che i Servizi possano fare indagini parallele?
No, non possono fare indagini parallele. Possono raccogliere notizie e poi riferirle alla Pg.

Quindi riferiscono sempre?
Non lo so se riferiscono sempre. Possono decidere di non farlo nel momento in cui non ritengono fondata la notizia o inattendibile l'informatore

LA NUOVA 'NDRANGHETA

Se le chiedessi di fotografare un'immagine che possa rendere l'idea del cambio di rotta della 'ndrangheta, quale episodio sceglierebbe?
La svolta si è avuta quando la 'ndrangheta ha cominciato

ad abbandonare i sequestri di persona e occuparsi solo dai traffici di droga. La 'ndrangheta ha cambiato rotta alla fine degli anni Sessanta, con l'introduzione della Santa (la possibilità della doppia affiliazione, oltre alla 'ndrangheta anche alla massoneria).

E oggi c'è il «Crimine»...
Non è una novità. Di Crimine si parla anche in indagini compiute 40 anni fa. E le riunioni a Polsi si tengono dalla fine dell'Ottocento.

Sa dirci se a Polsi i boss si riunivano in maniera orizzontale?
Più o meno. C'era già il Capo, a Montalto per esempio presiedeva Zappia. Successivamente, toccò prima a Romeo detto «'U staccu», e poi ad Antonio Pelle detto «Gambazza». Il Crimine è un organismo di raccordo, l'espressione degli equilibri territoriali delle varie 'ndrine.

Quando deve compiersi un delitto, o comunque un atto criminoso in un determinato territorio, come vengono gestiti i rapporti di «buon vicinato» tra i clan?
Se il locale [struttura similare alla «cosca» siciliana, *NdA*] è aperto si avverte il capo locale di quel territorio e lo si avvisa della necessità di compiere l'omicidio.

E il capo locale deve mettere a disposizione i propri soldati?
Possono essere anche i capi di 'ndrangheta più forti che decidono di effettuare un delitto in un locale più debole, ma comunque si avverte il capo locale, perché è un problema non di poco portare le attenzioni della Pg su quel territorio.

Può capitare che un capo locale si opponga a un'esecuzione?
Può capitare, ma bisogna averne la forza, perché i capi mafia spesso impongono le proprie sentenze di morte.

Quindi ovunque ci sia un morto il boss di quel territorio non può non sapere, giusto?
Certamente.

Com'è cambiata e che cos'è oggi la 'ndrangheta sul piano militare e «morale»?
Per quanto riguarda gli armamenti oggi la 'ndrangheta è molto più attrezzata. Un tempo possedeva solo armi rudimentali come fucili e pistole. Oggi dispone di armi sofisticate: tritolo di tipo C4, bazooka, missili terra-aria.

Non si può parlare di «morale» della 'ndrangheta. Bisogna parlare di regole di comportamento finalizzate a ingrassarsi, ad arricchirsi. Ovviamente le regole, gli usi e i costumi vengono modellati intorno al trasformarsi del modello sociale.

Regole che a quanto vediamo, però, vengono ormai trasgredite. Per esempio oggi si uccidono anche donne e anziani.
Le regole ci sono per farle osservare agli straccioni, ai *picciotti*, agli *sgarristi*. ma non per farle osservare ai capi mafia. Loro spesso le violano.

E la donna ha un ruolo decisionale nella 'ndrangheta, oggi?
Generalmente no. Nelle faide sì, per diverse ragioni. Comunque all'interno del nucleo familiare riesce a condizionare le scelte dell'uomo.

Quanto al ruolo direttivo dei boss, ci dicono i pentiti siciliani che in Cosa Nostra anche se un capo viene arrestato questi continua comunque a dare ordini dal carcere. È così anche per la 'ndrangheta?
Può essere, se è un boss capace e valente sì. Se è uno che è entrato in carcere per una trappola che gli è stata tesa dagli altri 'ndranghetisti, no.

Ma non dovreste capirlo quando un mafioso viene «venduto» alla giustizia?
Il magistrato non si deve porre il problema se il mafioso è stato venduto o meno da un rivale, ma se il detenuto ha commesso o meno un determinato reato. Per intenderci, se l'arresto è avvenuto per un'intercettazione o per una soffiata non fa differenza. Se fanno una telefonata anonima alla polizia dicendo «Tizio ha 5 chili di eroina in macchina», Tizio viene arrestato e basta.

Crede ancora che la 'ndrangheta adotti una organizzazione di tipo orizzontale o accredita l'ipotesi di una verticalizzazione sul modello siciliano?
Il Crimine non è la Cupola siciliana. Il Crimine è una struttura preposta all'apertura e chiusura del locale, a fare i processi per indegnità, a decidere il rispetto delle regole e dei codici. Non ha un ruolo esecutivo. Quello spetta ai singoli locali.

Qualche esempio?
L'esecutivo del Crimine può avvenire quando si decide per esempio l'eliminazione di un capo, dare una lezione a un locale che non rispetta le regole.

Ma ciò avviene solo all'interno?
Naturalmente si discute e si può anche decidere l'eliminazione di qualcuno. Si discute di macrocriminalità.

A livello di progetto, non a livello singolo. Si fa una sorta di piano industriale, progettuale.

Un programma che si protrae per anni... e si traccia il bilancio a Polsi. Giusto?
Anche di ratificare decisioni già prese, per esempio in altri incontri preliminari come matrimoni, battesimi e funerali, che sono le occasioni migliori dove incontrarsi.

E come mai nella guerra di mafia di Reggio il Crimine non riuscì a mettere pace?
Quando ci sono le guerre non si può intervenire subito. Bisogna aspettare che si trovi un punto d'incontro, che si trovi la struttura giusta, la chiave che possa andare bene alle due parti contrapposte.

E quale fu questa chiave?
La storia dice che questa chiave non è stata trovata, perché gli interessi sono superiori e non si è trovato un accordo.

Però la guerra è finita...
Che non ci sia una guerra militare non vuol dire che sia finita. C'è una guerra economica, e si inseguono gli affari.

Con una gestione del territorio di tipo militare?
Il territorio è diviso a metro. Questa è una delle cose più certe: la delimitazione dei confini del locale.

Sempre a proposito di territorio, in Calabria esiste una forma «esattoriale» di controllo del territorio simile al pizzo, ovvero la mazzetta. *Giusto?*
Se si ritiene che un imprenditore può essere sottoposto al pizzo perché non è interno alla 'ndrangheta deve pagare. È un sistema.

È vero che ancora oggi ogni km della Salerno-Reggio Calabria è controllato dalla 'ndrangheta?
Qui ci sono indagini in corso... non posso parlare.

Si dice spesso che la 'ndrangheta uccide il meno possibile, anche perché quando lo fa si intensificano le attenzioni di forze di polizia e magistratura sul territorio. Quindi, se la 'ndrangheta preferisce sguazzare nel silenzio, perché continua a sparare?

Spara perché evidentemente è necessario sparare, per eliminare un ostacolo. Non ha certo bisogno di mostrare i muscoli a nessuno.

E quando decidono di fare sparire anche il cadavere, per esempio nei casi di cosiddetta «lupara bianca»?
È per dare un messaggio a chi deve sapere, perché avviene all'interno del locale stesso. Si fa sparire il cadavere per dare una lezione, una punizione, a chi deve sapere, agli addetti ai lavori.

LA POLITICA E LA SOCIETÀ CIVILE

Nel campo della repressione, che tipo di risposta sta dando la politica? Sta recependo le numerose richieste di intervento, modifica, abrogazione normativa che provengono dalla magistratura?
Assolutamente no. È sotto gli occhi di tutti quello che ha fatto la politica. La risposta non è adeguata. Il problema è che lo Stato italiano non è coerente. I nostri politici, sia di destra che di sinistra, vanno in Parlamento a parlare contro la mafia, ma poi non adottano leggi adeguate a contrastarla. Con il risultato che oggi queste organizzazioni sono più pericolose. Soprattutto la 'ndrangheta, che è ricchissima e infiltrata nelle istituzioni.

Perché se la 'ndrangheta fosse un corpo estraneo alle istituzioni allora non esisterebbe da anni. La 'ndrangheta è costretta a mimetizzarsi tra i palazzi del potere.

Da padre, prima che da magistrato, cosa direbbe a Rosanna Scopelliti, che da diversi anni vuole restituire verità e giustizia al sacrificio del papà? E a tutti i giovani che ormai sembrano aver preso coscienza del fenomeno mafie e che si impegnano per creare gli «anticorpi» nella società civile?

Se i giovani e i calabresi hanno preso coscienza dell'esistenza della 'ndrangheta è senza dubbio anche merito di Rosanna, che magari con qualche ingenuità dovuta all'età, è riuscita a portare avanti una battaglia difficile tra la società civile. Ritengo che meriti grande riconoscenza, perché ha avuto il grande coraggio di spiegare con profonda determinazione, e anche un po' di timidezza che è propria della persona e del dramma che ha subìto, qual è il danno che la 'ndrangheta ha fatto ai calabresi, all'Italia e al mondo intero.

Da padre, perciò, le dico di continuare, per la memoria del suo papà che purtroppo per anni era stata tradita dai calabresi. Fa bene a insistere e a non rassegnarsi mai.

Rosanna può avere fiducia nei calabresi?
Complessivamente sì, perché se andiamo a vedere bene la situazione, la gente onesta in Calabria è la maggioranza della popolazione.

E nella giustizia?
Anche nella giustizia ci sono tanti problemi, ma bisogna avere fiducia.

In un'intervista alle Iene *disse che la 'ndrangheta finirà solo con la fine dell'uomo. È stata una provocazione, o lo crede davvero?*
Lo credo davvero. Perché se i politici facessero tutte le modifiche normative che servono potrebbero ridurre la 'ndrangheta anche dell'80 per cento.

Ma comunque la 'ndrangheta non finirà mai perché ognuno di noi ha un pezzettino di 'ndrangheta dentro di sé.

Potrei chiederle allora come mai non passa settimana che lei non porti la sua testimonianza ai giovani in una scuola in giro per l'Italia a parlare di legalità e lotta alle mafie...

Il mio obiettivo è quello di ridurre l'apporto delle mafie. Per questo parlo ai giovani.

E quindi dovrebbe avere più fiducia, no?
No, perché io su cento penso di recuperarne venti. E gli altri ottanta, che faranno?

Forse basterebbe fare in modo che quei venti diventino presto classe dirigente, non trova?
Bisognerebbe fargli capire che essere 'ndranghetista non conviene, anche dal punto di vista economico. E che non si diventa ricchi facendo gli 'ndranghetisti, anzi, se va bene finisci in galera, se va male ti ammazzano.

Anche perché il mestiere della 'ndrangheta è un po' il paradigma della precarietà...
Si vive meglio, e più a lungo, facendo l'idraulico piuttosto che facendo lo 'ndranghetista, il killer o l'estorsore.

La lotta alla 'ndrangheta, ieri

Conversazione con Salvatore Boemi

Nella storia personale di Salvatore Boemi sono iscritti tutti i più importanti capitoli della storia della lotta alla 'ndrangheta in Calabria fino agli anni Duemila.

È stato il primo magistrato a credere nella tesi di strutturazione unitaria della 'ndrangheta, nemico che ha imparato a conoscere nella sua natura più profonda, raccogliendo le dichiarazioni di quei primissimi pentiti come Pino Scriva, Giacomo Lauro e Filippo Barreca, che già nei primi anni Novanta indicavano con molta precisione ciò che gli investigatori hanno poi ufficialmente riconosciuto con la recente operazione Crimine del luglio 2010.

Non c'è bisogno che sia lui a dirti di essere stato amico di Giovanni Falcone, basta fermarsi e ascoltarlo raccontare, Boemi, mentre con l'orgoglio di un ragazzino parla del primo pool anti 'ndrangheta di Reggio Calabria, o mentre traccia le meticolose descrizioni quasi antropologiche di noti boss quali Saro Mammoliti o Paolo De Stefano, e le alleanze e le contrapposizioni tra le decine di clan in riva allo Stretto alla fine degli anni Ottanta. Più lo ascolti e più ti rapisce. Completamente. Sembra quasi di assistere a una lezione di Storia, o alla lettura del Vangelo. Il Vangelo della «buona battaglia» in terra di Calabria. Una battaglia alla quale Boemi ha offerto gran parte della sua vita, anche privata.

Seguìto a vista dagli uomini della scorta, per anni ha vissuto in un appartamento costruito apposta per lui su di una terrazza in uno degli edifici più alti di Palmi, importante centro nevralgico della Piana di Gioia Tauro, dove Salvo Boemi, da presidente della corte d'Assise, aveva portato a definizione i più importanti processi contro le 'ndrine della Piana, quelle dei Piromalli e dei Mammoliti e della cosidetta «mafia delle tre provincie».

La 'ndrangheta aveva confezionato per Salvo Boemi anche un'uscita di scena che maledettamente riporta con la memoria a Capaci.

REGGIO CALABRIA – L'agguato al procuratore di Reggio Calabria Salvatore Boemi doveva essere compiuto fra quindici giorni. I killer della 'ndrangheta avevano preparato meticolosamente la trappola sull'autostrada A3, tra Gioia Tauro e Palmi, e dovevano sparare al magistrato e alla sua scorta con fucili mitragliatori kalashnikov che avevano a lungo provato. Del commando avrebbero dovuto fare parte otto persone, scelte tra i migliori killer di un paio di cosche calabresi. L'attentato a Boemi è saltato perché uno dei sicari, preso da una sorta di rimorso, ha elaborato un articolato piano, informando i carabinieri attraverso una sua amica e tentando di farsi arrestare per non partecipare all'agguato. Da ieri, da quando la notizia è divenuta di dominio pubblico, e a conclusione di un vertice per l'ordine e la sicurezza pubblica di Reggio Calabria al quale ha partecipato anche il procuratore nazionale, Pierluigi Vigna, a Boemi è stata rafforzata la scorta. Anche altri magistrati reggini, nel mirino della 'ndrangheta, saranno più protetti. L'indagine sul progettato attentato al giudice Boemi è adesso nelle mani della Procura distrettuale antimafia di Catanzaro che nel fascicolo dell'inchiesta ha allegato le dichiarazioni del killer pentito rese ai carabinieri di Melito Porto Salvo alla fine dell'agosto scorso. L'uomo, un pasticciere di trent'anni, rampollo della potente famiglia mafiosa del boss Mimmo Paviglianiti di Reggio Calabria, ha raccontato tutti i dettagli relativi alla preparazione e all'esecuzione dell'agguato. «Per avvertire i carabinieri che era in preparazione un attentato al giudice Boemi, ho chiesto un favore a una mia amica che avevo

> conosciuto qualche mese prima in una discoteca di Condofuri (Reggio Calabria) e tramite messaggi sms le ho chiesto di avvertire i carabinieri che ci sarebbe stato un attentato ai danni del magistrato Salvatore Boemi di Reggio Calabria, di fare il mio nome, ma di non rivelare il proprio.» La ragazza avvertì i carabinieri che facilmente individuarono il pasticciere killer che confermò il progetto delle cosche calabresi. «Poiché non sono d'accordo sul fatto di uccidere il dottor Boemi e la sua scorta e, dato che alle persone che mi hanno chiesto di partecipare all'attentato in questione non posso dire di no, preferisco essere arrestato in modo tale da non prendere parte all'agguato che deve essere compiuto nella seconda decade del mese di ottobre sull'autostrada Gioia Tauro-Palmi o viceversa.» Il «pentito» ha anche rivelato che il commando era composto da otto uomini («me compreso») che si erano allenati per due mesi esercitandosi a sparare con i kalashnikov. Il killer ha però voluto sottolineare che la cosca di Paviglianiti era estranea all'attentato «anzi, sono convinto che se mio zio Mimmo [il boss Paviglianiti, *Ndr*] sapesse della preparazione dell'azione delittuosa, la disapproverebbe». Anche l'amica del pasticciere è stata identificata e interrogata dagli investigatori della squadra mobile di Reggio Calabria ai quali ha confermato la versione del nipote del boss e sulla veridicità delle dichiarazioni del killer gli inquirenti non hanno ormai dubbi e sono convinti che il «pentito» sia stato «mandato» dalla sua «famiglia» per evitare di essere coinvolta nell'agguato al giudice.[1]

Ma già ci avevano provato, con un piano pressoché identico. La notizia è del 24 luglio 1993. Il progetto, fortunatamente, fu sventato da Polizia e Carabinieri.

In alcune intercettazioni raccolte dai carabinieri del Ros nel luglio del 2007, Alfa e Gamma, nomi in codice di

---

[1] Francesco Viviano, *Calabria, pentito confessa: «Dovevo uccidere Boemi»*, «la Repubblica», 21 settembre 2001.

due boss affiliati alle cosche Condello e Labate, conversano liberamente, ignari di essere ascoltati dai militari. I due fanno riferimento al neo procuratore aggiunto alla Dda di Reggio Calabria, Salvatore Boemi, indicando nel suo ritorno alla guida della Distrettuale antimafia il pericolo di un loro «annientamento». Boemi al tempo stava dirigendo le indagini per la strage di Duisburg, in Germania.

ALFA: Per inguaiarlo, lo hanno inguaiato.
GAMMA: Voglio dire... [inc] ... sono i magistrati che ti annientano, Gratteri, Di Palma, Scuderi... Scuderi, Boemi! [inc].
ALFA: E... Sì ma il...
GAMMA: A ottobre c'è la rivoluzione...
ALFA: ... Penso, penso che il «mastro» di tutti là, che lo hanno fatto tornare apposta, per fare tutti quanti...
GAMMA: Chi è?
ALFA: Boemi!!
GAMMA: Sì, lui è...
ALFA: Gliel'ha detto De Sena apertamente, a Reggio se non viene Boemi non arrestano nessuno.
GAMMA: E hanno fatto... e subito lo hanno accontentato.
ALFA: Ah?
GAMMA: L'hanno accontentato subito, l'hanno fatto venire.
ALFA: L'hanno fatto procuratore aggiunto, e se non arriva lui a Reggio non succede niente!
GAMMA: Ora sta cercando di creare un gruppo, un pool.
ALFA: Un pool come Palermo.
GAMMA: Il pool funziona.
ALFA: Dove deve andare!
GAMMA: Va be' a Palermo, qualche cosa forse... [inc]... ieri sera alla televisione, è apparsa evidente che la politica li ha...
ALFA: ... [inc]...
GAMMA: ... Se li sono mangiati.

Quella che segue è una corposa conversazione con l'ormai ex magistrato, oggi in pensione, nel suo nuovo ufficio di commissario alla Stazione unica appaltante della Regione Calabria.

Insieme a Boemi ripercorriamo a più riprese le fasi cruciali della seconda grande guerra di mafia di Reggio Calabria e ciò che è successo dopo. Con la ricomposizione degli equilibri criminali da una parte, e i gravi scandali che investirono la magistratura reggina dall'altra.

In mezzo il processo per l'omicidio del giudice Scopelliti. Il primo sangue che, precedendo strategicamente e temporalmente l'eliminazione di Falcone e Borsellino, segna ufficialmente l'inizio del nuovo e ultimo piano scellerato di Totò Riina.

PROVE TECNICHE PER UNA NUOVA MAFIA

Quand'è che la 'ndrangheta ha cambiato rotta?
Se vogliamo dare un data simbolica del cambiamento della 'ndrangheta, questa è sicuramente da riportare alla decisione governativa di ripagare Reggio Calabria, che aveva perso il capoluogo in favore di Catanzaro, con il cosiddetto «pacchetto Colombo», che prevedeva l'industrializzazione della provincia reggina.

Allora la mafia decise di spostare i suoi interessi dal comparto agrario a quello imprenditoriale. E l'immagine tipica di questo cambiamento è il porto di Gioia Tauro e il costruendo e mai costruito quinto centro siderurgico. Un investimento che oggi diremmo di livello europeo.

Cambiò allora l'economia criminale, con il mafioso che anziché continuare a occupare terreni acquistò camion e ruspe per il movimento terra, macchinari tipici delle imprese edili.

Diventa, quindi, supporto in loco delle grandi aziende del Nord che vincevano gli appalti e ne diveniva unico reale subappaltatore di ogni lavoro.

Ma il quinto centro è solo un esempio. Si stava infatti

ultimando l'autostrada, si realizzava il raddoppio della sede ferroviaria, e quindi la mafia dalla roba si spostò verso l'impresa moderna divenendo più pericolosa e moderna.

Attenzione, però. Nello stesso periodo storico, proprio a metà degli anni Settanta, l'Fbi comunica ai nostri Servizi e alla nostra Polizia che a Roma proprio «i calabresi» si stanno specializzando nel traffico di droghe pesanti. Ed erano sicuramente Saro Mammoliti e i Piromalli. Quindi, mentre da una parte compravano i camion erano già noti all'intelligence americana per il traffico di stupefacenti. Impresa da un lato, droga dall'altra.

Una mafia con nuovi affari e nuovi leader...
Saro Mammoliti, come Paolo De Stefano era un mafioso di quelli che io definisco della «terza generazione». Gente che si era saputa rendere moderna. Poteva vivere a Roma quasi inosservata perché vestiva bene, parlava correttamente l'italiano e perché era inserita nei circuiti criminali romani.

Quando negli anni Settanta a Roma Cosa Nostra poteva contare sulla presenza di Pippo Calò, i nostri erano già lì da tempo: nel 1977, per esempio quando muoiono i carabinieri a Razzà [località alla periferia di Taurianova dove i due militari fecero eroicamente irruzione in un antico casolare dove era in corso un summit tra undici 'ndranghetisti, *NdA*] dopo uno scontro drammatico con un gruppo mafioso, Giuseppe Avignone è a Roma e riesce a crearsi un alibi attraverso personaggi dell'alta politica romana. Qualcuno dei testimoni mi raccontò: «Io ho fatto questo perché mi è stato chiesto dal segretario del sottosegretario...». Nella sentenza per la strage di Razzà ci sono nomi e cognomi.

Insomma, i calabresi sono lì, nella Capitale, da prima dei siciliani.

LA SECONDA GUERRA DI MAFIA DI REGGIO CALABRIA

Procuratore, ci spiega quando e perché a Reggio Calabria scoppia la guerra tra i Condello e i De Stefano?

La guerra di mafia nasce con il tentativo di eliminare Antonino Imerti, che riuscì miracolosamente a scampare a un attentato l'11 ottobre 1985. La risposta immediata, due giorni dopo, fu l'uccisione di Paolo De Stefano.

De Stefano rappresentava una delle famiglie più importanti, e rappresentava quella figura di mafioso moderno che era riuscito a intrattenere rapporti con Cosa Nostra e Camorra.

Fu tra i primi a comprendere che oltre al prestigio mafioso bisognava raggiungere la ricchezza, attraverso i traffici di droga.

I De Stefano guidavano da tempo ben diciotto cosche operanti su Reggio Calabria, e fino a dicembre di quell'anno non vi erano stati scontri significativi.

Con la morte di Paolo De Stefano, non c'erano figure preminenti, oltre Orazio, per cui si creò una sorta di «confederazione» tra famiglie importanti, come i Tegano, i Libri e i Latella che restarono con i De Stefano.

La risposta destefaniana arrivò nel gennaio del 1987, quando vennero uccisi alcuni parenti di Pasquale Condello, a sua volta imparentato con Imerti e fino ad allora ben inserito nella zona Nord di Reggio Calabria.

Quindi la città si divise in due, e venne meno la caratteristica degli scontri calabresi, ovvero la brevità.

Due zone controllate da due eserciti contrapposti...

Vi erano i Libri-De Stefano-Tegano da un lato e i Condello-Imerti dall'altro. Divenne una guerra cittadina, perché ogni famiglia dovette scegliere con chi allearsi.

Si crearono due eserciti, che quotidianamente si davano battaglia a Reggio Calabria.

Ciò portò anche a una profonda crisi economica, perché vennero uccisi dei piccoli imprenditori inseriti nelle cosche.

In definitiva, le cosche dovevano impegnarsi sempre di più in spese che non avevano mai affrontato, come l'acquisto di vetture blindate, che in quegli anni a Reggio diventarono quasi di moda.

E poi gli armamenti: si rifornirono infatti di kalashnikov e armi da guerra come i bazooka.

L'economia criminale diventò un'economia di guerra. Una guerra che dall'esterno non si riuscì a bloccare. Ci provarono persino i Nirta dalla parte ionica e gli Alvaro da quella tirrenica della provincia, perché era uno scontro malvisto dall'universo mafioso calabrese.

Pensate che si chiamarono all'ordine per prendere parte alla guerra anche i gruppi residenti all'infuori della Calabria, come i Coco-Trovato nella lontana Milano.

Morirono centinaia di persone anche estranee alla lotta. Giovani uccisi solo perché parenti di persone impegnate nella lotta.

A livello di armamenti, dove e di cosa si rifornivano i clan della 'ndrangheta?

Secondo gli investigatori le armi arrivavano da Milano, Torino e dalla Francia. Secondo altri addirittura dall'Africa.

Inizialmente la 'ndrangheta usava solo armi di tipo tradizionale, come fucili e pistole.

Ma durante la guerra di mafia Reggio era terrorizzata dal rischio «strage», perché si sparava in pieno centro con il bazooka, e con grande precisione e professionalità.

Come accadde al boss Mario Albanese, che venne ucciso con un bazooka nel momento in cui stava salendo sulla sua macchina blindata dopo aver firmato come sorvegliato speciale in una delle stazioni dei carabinieri di Reggio Calabria.

Allora i sorvegliati speciali andavano infatti a firmare due volte alla settimana in caserma.

Ma davvero tutte le famiglie del reggino furono costrette a scegliere con quale delle due fazioni schierarsi? O c'è forse qualche famiglia che è riuscita a chiamarsi fuori dalla guerra?
I Garonfolo, a mio avviso, riuscirono a tenersi fuori dalla mischia ed erano una di quelle famiglie mafiose di vecchia tradizione che io ho definito «mafia bianca». Una di quelle famiglie potenti, rispettate, come gli Alvaro che furono utilizzate dalla 'ndrangheta anche come «paceri». Dotate di un carisma tale da poter essere ascoltate in un'assemblea di mafia.

I Garonfolo da sempre controllano il territorio di Campo Calabro e zone vicine in nome della 'ndrangheta.

Apro e chiudo una parentesi. Quindi i Garonfolo sapevano chi nel 1991 volle la morte di Antonino Scopelliti?
Io credo che, come per Cosa Nostra, ci sono delle regole mafiose anche in Calabria che sono inattaccabili e rispettate da sempre. Una di queste dice che si può uccidere fuori dal proprio territorio controllato, ma che comunque la decisione va comunicata a chi controlla quella zona in nome della 'ndrangheta.

La logica mafiosa dice da sempre questo: non era possibile che i Garonfolo non fossero avvertiti.

I Garonfolo, possiamo dirlo grazie al pool antimafia di Reggio Calabria, sono giudiziariamente dei mafiosi, poiché nell'inchiesta Olimpia erano una delle diciannove cosche portate a giudizio. I difensori dei Garonfolo chiesero un giudizio tecnicamente più veloce: il rito immediato. Furono giudicati e condannati per 416 bis ed è riconosciuta, quindi, storicamente l'esistenza di questa organizzazione mafiosa.

Ci parli un po' di quegli anni.
Ho iniziato a guidare la Direzione distrettuale antimafia nel settembre-ottobre del 1993. Il quadro delle indagini era molto impegnativo, perché per la prima volta in Calabria dopo la vicenda del pentito Scriva dell'inizio degli anni Ottanta (che in Calabria non venne utilizzato come Buscetta in Sicilia), finalmente dopo Capaci e via D'Amelio, anche alcuni 'ndranghetisti decisero di collaborare. Tra questi Lauro, Barreca e Scopelliti.

Quando io arrivai alla Procura di Reggio Calabria mi trovai in questa situazione: la metodologia di lavoro era quella di «parcellizzare» le inchieste e vi erano due fatti importanti su tutti per i quali c'era molta attesa, il delitto Ligato e il delitto Scopelliti, per i quali i colleghi erano riusciti già a ottenere delle misure cautelari. E in quel momento peraltro si avvertiva anche l'esigenza di celebrare prontamente i processi.

Quando arrivai io decisi di rispettare questa scelta, anche se il mio orientamento era quello di concentrare, di ricucire e collegare, di fare quindi un grande processo come quello siciliano, perché le vicende degli anni Ottanta andavano trattate unitariamente. Ricostruire in un unico processo gli ultimi venticinque anni di storia mafiosa in Calabria.

Vi era anche un'altra corrente di pensiero, quella che io definii dei «separatisti», che sosteneva che Reggio non era attrezzata a celebrare un processo di quelle dimensioni ma alla fine riuscii a imporre la mia linea, pur accettando che quei due omicidi venissero trattati separatamente dall'inchiesta Olimpia.

Olimpia che resta il più grande processo di 'ndrangheta mai celebrato in Calabria...
Solo per la guerra di mafia, e i fatti di sangue di quella stagione noi abbiamo ottenuto quattrocento ergastoli e tremila e novecento anni di carcere per associazione ma-

fiosa nei confronti di sessantaquattro diverse cosche mafiose del reggino. Anche se è mia opinione che se il maxiprocesso Olimpia fosse stato gestito altrove o da una procura siciliana sarebbe certamente diventato un pezzo di storia. In Calabria questo non poteva accadere.

LA STAGIONE DEI VELENI GIUDIZIARI

Quando a cavallo tra il 1993 e il 1994 Salvatore Boemi arriva a occupare il posto di procuratore aggiunto alla Direzione distrettuale antimafia, Reggio Calabria vive una particolarissima fase di transizione, con piccoli e grandi cambiamenti gattopardeschi. Non solo sul versante prettamente criminale.

Sono anni davvero particolari, con Reggio Calabria sempre più città delle potenti logge massoniche, coperte e non, dei colletti più e meno bianchi, dove oramai anche ogni eventuale linea di demarcazione tra ciò che è per o contro lo Stato è divenuta sottile come un filo di nylon.

Un territorio pieno di pentole a pressione che sarebbe bastato un niente a far saltare. E qui, dove sono tanti e diversi i nervi scoperti, se ne salta anche solo uno, ne saltano assieme altri cento.

È il caso del notaio Pietro Marrapodi, personificazione perfetta di quella che oggi definiamo «borghesia mafiosa». Uomo colto, affabile, evidentemente ben inserito sia nei circuiti criminali sia nei palazzi che contano. Uno di quei soggetti, per intenderci, al quale riesce facile intrecciare le braccia per stringere una mano al boss 'ndranghetista e l'altra al massone coperto, all'imprenditore, al politico. Un fine collettore.

Ma il notaio è anche un padre di famiglia, e una volta portato dietro le sbarre capisce quanto davvero non abbia ormai nulla da perdere. Decide di parlare e racconta tutto a Boemi. Le dichiarazioni di Marrapodi danno forma, date, nomi e cognomi a quella torbida e misteriosa melma nella quale Boemi e alcuni colleghi avevano finalmente iniziato a mettere mano.

Che impronta volle dare alla procura reggina?
Quella procura era estremamente unita e votata a una lotta alla mafia di tipo falconiano. Era un momento in cui c'erano grandi speranze di un cambiamento epocale, anche all'interno della magistratura.

Le dichiarazioni numerose e corpose del Marrapodi vennero rilasciate dopo il suo arresto, determinato da un'imputazione molto grave di concorso esterno in associazione mafiosa, che noi contestammo al notaio e ad alcuni politici e imprenditori di Reggio Calabria.

Marrapodi era «contiguo» e presente negli affari di Palazzo. Fece alcune dichiarazioni anche gravissime su di alcuni magistrati reggini. Parlò di certi magistrati giudicanti e requirenti e perfino del procuratore capo, Gaeta, il quale fu chiamato in causa per fatti, a mio avviso, non di evidenza penale.

Io al tempo dirigevo la procura distrettuale, lo interrogai spesso con i colleghi Verzera e Pennisi e per motivi codicistici tutto il corpo delle dichiarazioni riguardanti magistrati fu trasmesso doverosamente alla procura di Messina, competente ex articolo 11 del Codice di procedura penale.

Le dichiarazioni rese da Marrapodi causarono comunque delle ripercussioni sul corpo giudiziario reggino, su tutte l'arresto del presidente Foti, di cui però parleremo più avanti. Ora le chiedo: perché quel periodo venne identificato con «stagione dei veleni», «verminaio» e altre aggettivazioni di questo tipo?
I veleni di quella stagione furono determinati da un risentimento feroce che alcuni magistrati non della mia procura, ma diciamo del Palazzo, ci esternarono anche con grande chiarezza.

Mi fu garbatamente fatto capire che come loro stavano per andare via, la stessa sorte prima o poi sarebbe toccata a me, ritenuto responsabile delle rivelazioni del Marrapodi. È pacifico che si trattava di dichiarazioni che era difficile riscontrare, tranne i movimenti bancari, che si possono verificare. Ma quanto a incontri, summit, avvicinamenti, contiguità che il Marrapodi aveva vissuto in prima persona e che lui stesso aveva narrato non potevano essere confortati da riscontri oggettivi.

Cosa accadde a quei magistrati verso i quali puntò il dito Marrapodi?
Io posso dire soltanto che i vertici di quella magistratura andarono via nell'arco di un anno, un anno e mezzo. Vennero cambiati tutti i vertici.

E di questo fu data la colpa a Marrapodi e ai magistrati della procura.

Il notaio, però, fu trovato morto in circostanze poco chiare. Dico bene?
Quando fu scarcerato dal tribunale per la libertà il notaio decise di restare a Reggio.

Io e diversi magistrati lo invitammo a lasciare Reggio Calabria per motivi di sicurezza, perché c'erano delle informative riservate che riferivano circa i rischi.

Marrapodi, invece, continuava a dire che lui attendeva il processo. E non solo per difendere se stesso, perché era imputato di concorso esterno in associazione mafiosa, con fatti verificati.

In una notte aveva trasferito nel suo studio circa trentacinque appartamenti dei De Stefano a titolari fittizi, per evitare il sequestro che stava cadendo su quegli appartamenti. Era stato ai matrimoni delle grandi famiglie della 'ndrangheta. Quindi era un personaggio particolare, addentro al contesto. Rinviato a giudizio insieme ad altre centinaia di personaggi, a un mese dall'inizio del processo Marrapodi venne trovato impiccato nel garage di casa sua.

Noi a dire il vero non abbiamo fatto grosse indagini, perché la famiglia era stravolta e solo loro avrebbero potuto darci una mano a ricostruire l'evento. Ma la cosa che mi ha sempre lasciato un amaro in bocca tremendo fu che, trovandoci a Roma per interrogatori importanti, non potemmo intervenire immediatamente dopo il rinvenimento del cadavere.

In definitiva, un'indagine seria su quel ritrovamento non si poté fare, perché io ritengo che o si giunge per primi, altrimenti è inutile, perché se si giunge terzi lo scenario non è più quello reale.

E peraltro a me e a un magistrato messinese Marrapodi aveva detto: «Io la faccio testimone di questa mia dichiarazione: se mi doveste trovare morto sappiate che non mi sono suicidato, ma che sono stato ucciso».

Ma la cosa più grave è che lui fino all'ultimo rifiutò il mio invito a lasciare Reggio Calabria, sostenendo che a Reggio forse aveva la speranza di restare vivo, mentre se avesse messo piede fuori la Calabria i suoi nemici lo avrebbero subito raggiunto e ucciso con molta facilità.

E, con un testimone morto, che io sappia, non sì è mai fatto nessun processo.

Fortunatamente i processi Olimpia e Olimpia 2 si fecero comunque...

Olimpia e Olimpia 2 hanno costituito una delle pagine più significative dei cosiddetti «successi» della Distrettuale antimafia di Reggio Calabria.

Ma se si va a una lettura meno disinvolta e più profonda di quel contesto possiamo dire che il risultato fu sì grande, ma ci vennero a mancare le voci importanti su quella che noi ritenevamo l'essenza di quel momento storico: il concorso esterno in associazione mafiosa.

Venuto meno Marrapodi, venuti meno altri collaboratori di giustizia, in alcuni processi circa le contiguità dei cosiddetti colletti bianchi non si sono ottenuti i risultati che invece si sono ottenuti sull'ala militare della 'ndrangheta. Generali compresi, perché i De Stefano, i Tegano, i Condello, gli Imerti sono stati tutti condannati pesantemente. Le condanne esemplari che noi speravamo di ottenere sulla contiguità mafiosa, con la sola eccezione dell'avvocato Paolo Romeo, non ci sono state.

E tutti gli altri «consigliori»?
Era un momento storico in cui si sosteneva da più parti che il concorso esterno doveva cadere, attraverso addirittura una legge interpretativa. E alla fine il problema si risolse in un modo molto più intelligente, perché certe procure un'imputazione di 110-416 bis non la fecero più perché si riteneva che fosse un'imputazione pericolosa non tanto per gli imputati quanto per gli investigatori e per gli inquirenti.

Quindi a finire sul banco degli imputati era spesso il giudice...
Era un reato gravissimo, però tutti quelli che hanno aiutato l'associazione a crescere non dal punto di vista militare, ma economicamente, politicamente e socialmente rischiavano di essere condannati per associazione mafiosa. Io ho sempre ritenuto che questa era la battaglia che doveva essere fatta in quel contesto: riuscire a processare democraticamente alcuni colletti bianchi piuttosto che andare a raccogliere altri ergastoli a carico di quei giovani reggini che avevano certamente sparato e commesso delitti, ma che comunque non erano il cuore e non erano l'essenza della 'ndrangheta.

GLI ANNI DI CERTO NON MIGLIORI

Come giudica la maturità e l'attenzione della società calabrese in quel periodo?
Il mio convincimento è estremamente personale e direi quasi «epidermico», non confortato da elementi oggettivi. Una sensazione, ovvero che i calabresi al tempo non erano né migliori né peggiori del resto degli italiani della fine degli anni Ottanta e dei primi anni Novanta.

E le stragi del 1992, del 1993, lo stesso omicidio Scopelliti, se riportati a oggi, io credo che nessun giornale, né piccolo né grande, e che nessun politico, importante o meno importante, si permetterebbe mai di mettere in discussione la potenza e la pericolosità dell'organizzazione mafiosa presente nel nostro territorio.

Considerato che negli anni Sessanta-Settanta in Italia si parlava solo di terrorismo. Che si sottovalutava la mafia, ridicolizzandola e ghettizzandola in Sicilia. Che in Calabria secondo alcuni c'era una criminalità di tipo economico-pastorale, perché emergevano solo i sequestri di persona.

I calabresi furono vittime di una mediocre informazione giudiziaria amplificata da un mondo, quello dell'informazione, sempre disattento in Italia e sempre modesto, perché non ho mai stimato quelle testate nazionali che disinvoltamente si chiesero se Scopelliti fosse stato ammazzato da un marito tradito.

Oggi non si può paragonare il 2010 al 1990-1995. Era un altro mondo. Anche il clima istituzionale era diverso.

Un altro mondo, anche a livello istituzionale. Vuole fornirci qualche esempio?
La commissione antimafia, per esempio, non pensò mai di venire qui dopo l'omicidio Scopelliti.

Venne nel 1985 a Palmi, dove era accaduto qualcosa di assolutamente inedito: in un'aula giudiziaria s'erano alzati tre mafiosi e avevano ordinato ai legali di abbandonare l'aula. Il casato Piromalli aveva infatti ordinato che quel processo non andasse avanti. E io venni intervistato nel 1985 e mi venne chiesto quali correttivi volessimo adottare affinché si potesse portare a termine quel processo.

Il processo Piromalli, che determinò poi 11 ergastoli a carico del solo Peppino Piromalli, un processo di una gravità estrema per il contesto reggino, si concluse con una difesa d'ufficio e senza interventi di alcun avvocato.

In vent'anni è cambiato tutto. Oggi nessun mafioso si potrebbe permettere di dire a cinquanta avvocati di lasciare l'aula e di non tornarci più.

È chiaro che oggi la maturazione, anche della società civile, è diversa. Oggi non c'è più l'alone di mistero e di impermeabilità che c'era vent'anni fa sulla mafia.

L'OMICIDIO DEL PRESIDENTE DELLE FERROVIE DELLO STATO, LODOVICO LIGATO

Perché viene ucciso Ligato?
Con l'omicidio Ligato, agosto 1989, si impedisce al parlamentare della Dc di portarsi a Roma per chiarire ai magistrati che le sue responsabilità nel famoso scandalo delle «lenzuola d'oro», per quanto lui riteneva, erano minime, in un contesto di collusione criminale all'interno dei partiti. Il ricorso alle tangenti era ormai notorio, e Ligato non aveva fatto altro che spartire e spartirsi le tangenti con i partiti al governo al momento. Se non fosse stato ucciso, aveva già un appuntamento programmato con il procuratore della Repubblica di Roma.

Con molta probabilità il fenomeno «Mani Pulite», che poi esplode due anni dopo a Milano, sarebbe partito da Reggio Calabria e sarebbe stato trattato dalla Procura di Roma.

Ligato muore per mano di un gruppo che in quel momento era in guerra a Reggio Calabria per tutti altri motivi. Ma Pasquale Condello e i suoi non avevano alcun motivo personale e diretto per eliminare Ligato.

E le modalità del delitto furono a dir poco feroci...
Lo finirono mafiosamente [lo crivellarono con una trentina di proiettili, *NdA*] per averne la certezza della morte. E noi siamo riusciti a far condannare per questa vicenda i mandanti mafiosi e gli esecutori, che hanno riempito pagine di dichiarazioni con una precisione assoluta. Abbiamo trovato riscontri incredibili sul tipo di arma, direzione dei colpi...

Per esempio perfino uno dei killer, Giuseppe Lombardo, si è chiesto perché Pasquale Condello diede quell'ordine immediato, perentorio, alla fine dell'agosto del 1989.

Lo sappiamo per l'agenda che Ligato ha lasciato, e per gli impegni che aveva già concordato con la Procura di Roma. Ma anche questa storia ha avuto uno sviluppo processuale che dal punto di vista storico è una pagina incompleta perché il mandato, come sosteneva anche la famiglia, veniva dall'alto e non da Reggio.

L'OMICIDIO DEL GIUDICE ANTONINO SCOPELLITI

Ricorda cosa stesse facendo quando seppe dell'uccisione del giudice Scopelliti?
Ho appreso la notizia dal televideo. In quel momento ero presidente della corte d'Assise di Reggio Calabria. Non ero requirente. Mattina del 10 agosto, verso le 8 mi arriva una telefonata da Roma da un amico che mi dice che stava scendendo, io ero di turno in tribunale, e verso le 10.30, non ricordo con esattezza, mi incontrai con Giovanni Falcone.

Era stranamente nervoso, e disse che mi aveva cercato perché voleva avere la mia opinione sulla vicenda. Sapere cosa ne pensavo. Aveva l'ansia, insomma, di verificare le sue tesi con quelle che erano le impressioni di chi lavorava sul territorio calabrese.

Io, che in quella data lavoravo soltanto su fatti riguardanti «guerra di mafia», gli dissi: «Giovanni, dobbiamo vedere ciò che accadrà nelle prossime settimane». Che i De Stefano facciano un omicidio importante in odio agli Imertiani, criminalmente controllanti quella porzione di territorio, è una cosa anche possibile. «Ma sono loro», mi chiese Giovanni, «che controllano il territorio?».

Risposi di no, che lì la situazione era ancora più complessa perché il territorio lo controlla da sempre una famiglia talmente prestigiosa, talmente forte, da poter essere estranea alla lotta: i Garonfolo, imparentati con i Labate, che avevano fatto sapere ai due schieramenti contrapposti di voler restare fuori dallo scontro. Gli dissi quindi che bisognava aver pazienza e aspettare qualche mese. Dopo qualche tempo richiamai Giovanni: «Hai ragione tu, qui c'è stato un accordo siculo-calabrese».

Si era infatti già accertato che si era raggiunta una tregua: «finalmente si sono accordati, finalmente si può uscire a Reggio Calabria», anche gli avvocati non avevano timore di dirlo: «Dottore, finalmente non si spara più».

Quindi la tesi di Giovanni era inoppugnabile: c'è stato un accordo che è servito a entrambe le nostre consorterie mafiose. E sulla pelle di Scopelliti ognuno ha tentato di ottenere quello che cercava.

Falcone dopo l'uccisione di Scopelliti disse qualcosa di inquietante: «Ucciso lui il prossimo sarò io»...

Che Giovanni sapesse che sarebbe stato ucciso era un fatto quasi notorio nel nostro ambiente, lui quasi cercava di dimostrarlo perché doveva essere ucciso.

Quello che mi colpì quella mattina è che lui era sicuro della partecipazione siciliana a quel fatto e mi disse chiaramente «se hanno preso questa strada non si fermano più».

Ma il fatto ancora più dolorante, più «pregnante», che convinse anche me che Giovanni sarebbe stato il prossimo fu l'omicidio di Salvo Lima del 12 marzo 1992.

E l'omicidio di Lima è incredibile, è ancor più grave di quello dei magistrati, perché in Sicilia fu ucciso un uomo dei loro, uno che li aveva sempre serviti fino ad allora e che per anni aveva rappresentato l'anello di congiunzione con il potere romano.

E fu la reazione voluta da Riina, perché io credo che il resto della Cupola non sarebbe mai arrivato a tanto. Riina era il capo e quello che diceva il capo si faceva.

Quindi non era più solo Riina a decidere...
Questo è affermato anche da decine di collaboratori siciliani, anche importanti. Sì, il «Teorema Buscetta» è valido: non è possibile uccidere Scopelliti, colpire Falcone, aggredire un politico, perché non è possibile che qualcuno uccida uomini delle istituzioni senza che la Commissione lo sappia. Ma che Commissione è quella dove Riina non proponeva ma ordinava?

Era il momento della rottura tra le due anime dei Corleonesi. Perché altri si rendono conto che la strada imboccata da Riina era senza ritorno. «O lo Stato cede o lo Stato ci distrugge» dicevano. Da un lato Riina, che era pronto al tutto per tutto e dall'altra Provenzano, che non riusciva a imporsi, a intervenire.

Tutto quello che accade dopo il 1992 è un'altra storia: lì Riina, ormai da solo, ipotizza di poter mettere sotto scopa lo Stato con la violenza ma non ci riesce, anche perché all'interno non erano d'accordo con lui. Se lo sono quindi venduto troppo tardi, Riina, lo dovevano «vendere» prima. O almeno, io penso questo.

Può dirci chi era e cosa rappresentava, secondo lei, il giudice Scopelliti?
La vicenda umana di Scopelliti è di incredibile valenza. Viene investito di un incarico professionale di incredibile peso: rappresentare la pubblica accusa nel maxiprocesso siciliano, dove centinaia erano i mafiosi detenuti, per la prima volta condannati dalle corti siciliane.

La Cupola d'altra parte aveva assicurato che quel processo sarebbe stato aggiustato. Riina disse più volte – raccontano i collaboratori – che lui aveva comunque garantito la scarcerazione per decorrenza termini. O non arrivando a sentenza, o come spesso accadeva, se il processo, in Cassazione, fosse stato annullato per un vizio formale di carattere generale. Era già successo, per esempio, nel processo della «mafia delle tre provincie», dove per un motivo formale sulla costituzione della Corte il processo venne fatto retrocedere al primo grado, con scarcerazione di tutti i detenuti calabresi.

Però noi sappiamo che l'omicidio Scopelliti non avviene a Roma, dove nonostante fosse scortato era possibile raggiungerlo, ma avviene in Calabria. Quando ormai è notorio che Scopelliti aveva accettato di rappresentare la pubblica accusa nel maxiprocesso, davanti a una corte «dimezzata», perché dopo anni e anni la figura cardine della Cassazione aveva deciso di passare il testimone di guida a un collega.

Stiamo parlando del giudice Corrado Carnevale e della famosa «turnazione» voluta da Falcone?
Si è detto anche che Giovanni Falcone si interessò affinché si potesse evitare che Carnevale, che più di una volta aveva manifestato i suoi dubbi sulla professionalità dei magistrati siciliani, potesse presiedere anche il «Maxi Uno».

Carnevale aveva accettato di non presiedere quel processo, e dall'altra parte Scopelliti aveva accettato di rappresentarne la pubblica accusa.

A quel punto – dicono i collaboratori – Cosa Nostra decise di contattare il giudice, perché il pubblico ministero, «tecnicamente», poteva chiedere l'annullamento del processo. Ma quel «Signore» non ne aveva voluto sentire ragioni.

Non è stato mai detto, per esempio, che Scopelliti quando legge le carte del processo ha in mano anche i motivi del ricorso in Cassazione, ebbene, i motivi sono compendiati in centinaia di pagine: ne avrebbe potuto tirare fuori uno e chiedere l'annullamento. Non so se sono stato chiaro: centinaia di motivi potevano essere utilizzati per far saltare quel processo come tanti altri in passato. Ma Scopelliti rispose di no.

Con il suo carisma Scopelliti, conosciuto non solo come un inflessibile accusatore ma soprattutto come il pm tecnicamente più preparato d'Italia, se avesse trovato un motivo per far retrocedere il processo al primo grado avrebbe potuto farlo.

Scopelliti diventò senza volerlo pm e giudicante allo stesso momento. Su Scopelliti, insomma, gravava l'esito del processo, o comunque la mafia siciliana interpretò così il suo ruolo. Solo lui poteva chiedere fondatamente l'annullamento.

Credo di aver capito il suo modo di essere, anche se non abbiamo avuto modo di frequentarci. Lui era il più bravo, era l'uomo di punta della Procura Generale di Cassazione. Aveva con il procuratore generale un rapporto di reciproca stima assoluta.

Era impossibile che venisse designato un altro sostituto. Scopelliti era designato di per sé, già in partenza. Quella nomina era *in re ipsa*, era logica. Sarebbe stato uno scandalo non dare a Scopelliti, il magistrato migliore, quel processo. Anche perché in Cassazione non esisteva il pool e doveva essere nominato un solo pm. Così Scopelliti, che non si era piegato alle richieste che gli erano state fatte, diventava il problema assoluto.

E voi come procedeste per dimostrarlo?
A noi interessava dimostrare da quanto tempo e quali rapporti c'erano tra Cosa Nostra e la sconosciutissima 'ndrangheta calabrese. E siamo riusciti a provare che già a partire dagli anni Cinquanta i rapporti erano assolutamente seri e costanti.

Ricordo due dati. Il primo. I boss della 'ndrangheta avevano le migliori celle nelle carceri siciliane, in segno di ospitalità e di rispetto.

Il secondo. Paolo De Stefano e Nitto Santapaola erano stati condannati per aver gestito congiuntamente alcuni traffici di droga già a partire dagli anni Ottanta.

E per uccidere Scopelliti, quali sono gli interessi che legano le due organizzazioni criminali?
Cosa Nostra aveva interesse a far saltare il maxiprocesso, anche perché altrimenti Riina avrebbe perso l'enorme carisma di cui godeva sino ad allora. Dall'altra parte, e teniamo presente che una condanna per centinaia di mafiosi in Sicilia non c'era mai stata, l'interesse calabrese era ancora più forte di quello siciliano, perché se in Sicilia c'era l'esigenza di lasciare il carcere, per cinquanta, cento, duecento persone, in Calabria c'era in gioco l'esistenza stessa di un'economia mafiosa moderna, attuale, votata sempre più alla conquista della ricchezza e del prestigio.

Perché?
Perché ormai è certo che dopo sei anni di guerra a Reggio, nessuno era riuscito a mettere pace. Ci avevano provato tutti, dalle famiglie degli Stati Uniti, a quelle della Locride e della costa Tirrenica. Tutti avevano chiesto ai reggini di arrivare a una tregua paritaria, senza vincitori né vinti. Ma sempre la risposta era stata negativa, nel 1988, nel 1989, nel 1990.

Ci voleva un fatto eclatante ed esterno per convincere

i reggini che si stavano autodistruggendo: perché un'economia bellica impone spese enormi per gli armamenti e il pagamento di vere e proprie «brigate»: gruppi armati che tenevano sotto controllo la città. Attraverso l'indagine «Santa Barbara» abbiamo scoperto che si organizzavano gli omicidi attraverso contatti radio, gestiti in maniera assolutamente professionale. C'erano ronde che 24 ore su 24 controllavano Reggio Calabria, da un lato e dall'altro della città.

In buona sostanza tutto ciò impediva all'economia ordinaria (cantieri, costruzioni pubbliche e private, ecc.) di poter andare avanti. Stavano quindi disperdendo le loro ricchezze in una guerra che poi in definitiva riguardava direttamente soltanto due famiglie.

Ci voleva quindi un intervento esterno che mettesse tutti in condizione di dire che la fine dello scontro armato era stata richiesta da un'altra organizzazione, esterna alla Calabria: Cosa Nostra.

Gli interessi in definitiva si sposavano in modo assoluto. Io dico che in modo eguale siciliani e calabresi dovevano far saltare il Maxi e il colpo di mano venne tentato con l'eliminazione del collega Scopelliti.

Oltre al «patto di sangue», non ha mai pensato a una sorta di «staffetta», di passaggio del testimone nell'egemonia criminale mafiosa tra Cosa Nostra e 'ndrangheta, sancita con il sangue del giudice Scopelliti? In fondo, i siciliani sapevano che con l'eliminazione di Falcone e Borsellino avrebbero avuto tutto lo Stato in Sicilia e quindi conveniva che la guida dell'impero mafioso varcasse lo Stretto...

Procedendo logicamente non sono d'accordo. I calabresi volevano essenzialmente rimettere in moto la macchina economica e l'hanno fatto dividendo il territorio in parti uguali, come se la guerra non ci fosse mai stata. Come se fosse finita davvero in parità.

Ogni provento doveva essere infatti diviso al 50 per cento tra i *destefaniani* e gli *anti-destefaniani* con nuovi referenti, nuovi capi, un rafforzamento sul territorio, un radicamento maggiore sul territorio.

I siciliani il giorno in cui muore il giudice Scopelliti avevano un solo interesse: sperare che lo stato cedesse e che il processo non si riuscisse a celebrare. Loro sapevano che nonostante l'omicidio Scopelliti – lo dico senza poterlo dimostrare – i loro referenti politici non avrebbero girato le spalle a Cosa Nostra.

Il problema era riuscire a fare saltare il processo. Lì però è intervenuta una parte coraggiosa di magistratura romana di Cassazione, che ha preteso che quel processo si trattasse e la sentenza fu durissima: non ci fu soltanto l'annullamento sperato dai Corleonesi, ma l'annullamento delle assoluzioni di secondo grado stabilite a Palermo.

Il Maxi venne confermato, le assoluzioni furono praticamente azzerate e si andò in giudizio in Appello dove c'erano state le assoluzioni.

Il piano Riina salta. Quello che accade dopo è la reazione di un gruppo di folli, che non perdonano quell'affronto. E lo dicono al Paese in una maniera sfacciata: alcuni mesi dopo che Riina si sente dire «sei un mafioso e sei condannato all'ergastolo» muore il loro referente politico principale, che è Salvo Lima, e tutti sanno cosa rappresentava Lima nella corrente andreottiana in Sicilia.

Era una vendetta contro chi non aveva potuto e saputo «aggiustare» questa sentenza. E poi muore il simbolo di quel processo, colui che aveva inseguito quel processo persino trasferendosi a Roma: Giovanni Falcone.

E questa fu la reazione belluina, animalesca, di un uomo che basta ascoltarlo una volta per capirlo quant'è violento e com'è pieno di sé.

La reazione è dovuta dall'esigenza di mantenere il prestigio all'interno del proprio gruppo. Perché troppo aveva promesso e poco aveva mantenuto, e si procede quindi con un piano di tipo stragista.

La tua ipotesi potrebbe invece essere valida dopo la morte di Paolo Borsellino, perché poi trascorre del tempo, quasi un anno, da quel tentativo denominato «terrorismo mafioso» che spostò l'azione criminale verso obiettivi storico ambientali (attentati di Roma e Firenze) per indurre lo Stato alla trattativa.

E peraltro tutti i processi basati su dichiarazioni dei pentiti, e quindi anche il «Maxi Uno» (pensate al maxi senza Buscetta), hanno sempre avuto una spada di Damocle sul collo: la revisione. E infatti ci sarà sempre un collegio difensivo che prospetterà all'imputato la possibilità della revisione attraverso una prova indiretta della falsità di chi ha fatto le originarie dichiarazioni. E credetemi, di una generalizzata possibilità di una revisione globale dei processi basati sulle dichiarazioni dei pentiti se ne è parlato fino a pochi anni addietro. Poi dal dirlo al farlo concretamente è un'altra cosa.

Lei ha accennato a un velo di mistero e impermeabilità che in Calabria, fino a vent'anni fa, calava su ogni fatto di mafia. Perché ancora oggi sembra esserci questo stesso velo sul delitto Scopelliti?

Perché l'omicidio Scopelliti e l'omicidio Ligato sono i delitti più importanti degli ultimi cinquant'anni di attività giudiziaria in Calabria, soprattutto per la caratura delle vittime, ed è chiaro che l'omicidio Scopelliti è stato un omicidio particolarmente complesso, che non riguardava soltanto la storia della regione dove si compiva il delitto.

È servito in terra non «battezzata», cioè non siciliana, a scardinare un teorema giuridico-giudiziario, il cosidetto «teorema Buscetta», usato nelle inchieste di tante vittime eccellenti in Sicilia.

E proprio in Sicilia si apprezzò quello che sosteneva

Falcone, che negli omicidi di mafia oltre gli indizi non si poteva andare, e che quindi bisognava avere una specifica sensibilità probatoria che attiene alla cultura e allo spirito del giudicante e del requirente. Io ho sempre iniziato le mie requisitorie importanti dicendo che noi stavamo «fornendo il nostro progetto di sentenza», con le prove, la loro interpretazione e il collegamento tra di esse.

È probabile che in Calabria non ci fosse la necessaria maturità giudiziaria perché si comprendesse la gravità di un disconoscimento del «teorema Buscetta».

Disconoscimento e azzeramento che trovarono spazio in una corte e in un territorio, ripeto «non siciliano», dove riuscì più facile ottenere quella sentenza a mio avviso assolutamente non condivisibile e, pertanto, «pilatesca».

«Pilatesca»? È un'affermazione pesante...
Non penso di rischiare la querela, ma lo dico: quei giudici, a mio avviso, non valutarono nel modo dovuto il contesto probatorio. È di un'evidenza epidermica, perché non eravamo più in un periodo in cui si brancolava nel buio. Quando si potettero collegare l'omicidio Scopelliti all'omicidio Lima, l'omicidio Lima all'omicidio Falcone, l'omicidio Falcone all'omicidio Borsellino. Quando si capì che ciò fu voluto da una parte del vertice siciliano, e non da tutto, allora io dico che almeno Riina avrebbe dovuto rispondere di quello che si era verificato in Calabria prima e in Sicilia dopo.

Però in Sicilia quel Teorema ha tenuto...
Appunto, e pertanto è più grave per la professionalità del giudicante calabrese che quel teorema si sia allentato in Calabria, anche perché Scopelliti era noto come Falcone.

Ma torniamo in Calabria, al processo Scopelliti, perché voglio essere un po' più cattivo: non pensa che un processo

che basava comunque la sua forza sul Teorema Buscetta non poteva ritenersi un processo «blindato» anche in Appello?
Che il primo pool requirente calabrese, da me guidato, fosse visto molto male negli ambienti giudiziari che contavano, in quel momento storico era una realtà. Avevamo toccato nervi scoperti e certi interessi che erano anche giudiziari.

Quando Marrapodi ci disse che i motivi non erano solo di natura criminale mafiosa ma erano ben altri, allora è chiaro che noi fummo tacciati come i nemici della città: proprio perché ascoltammo Marrapodi, o Lauro, che non era un lestofante, perché noi volevamo che i processi si facessero e che non scomparissero.

Possiamo azzardare, allora, che quella sentenza d'Appello potrebbe essere stata anche una sorta di «punizione» verso lei e quella procura?
Noi non eravamo migliori di altri magistrati: noi eravamo diversi. Non avevamo tesi precostituite, non partecipavamo al contesto reggino, eravamo degli estranei. Volevamo una Calabria giudiziaria vicina alla Sicilia.

Per anni in Calabria tutto questo non s'era verificato. In buona sostanza, come diceva quel detto, la giustizia era «forte con i deboli e debole coi forti». Anzi, in alcuni casi stava con i forti. Che è ancora peggio.

E noi probabilmente abbiamo rotto questo equilibrio, diventando nemici della città.

Ma io e il mio gruppo non eravamo poi così importanti. La Calabria era il ventre molle di quella stagione giudiziaria, vollero insinuare dubbi, iniziando da Reggio, per arrivare poi a Roma e a Palermo.

Ma non ebbero bisogno di punirci, perché a punirci ci avrebbe pensato la storia. Nel senso che, attraverso la destabilizzazione dei pentiti, si fece in modo che quella stagione antimafia si chiudesse con largo anticipo.

Ricordo a me stesso e lo dico forte che la Procura di Reggio fu la prima a dire che se si fosse continuato con i pentiti non si sarebbe portato a termine più alcun processo. E fu così che cominciammo a seguire ciò che accadeva all'interno delle autovetture, ricorrendo alle intercettazioni ambientali, perché già nel 1996 avevamo avuto i nostri collaboratori messi alla gogna.

A Palermo il teorema non è crollato perché subentrarono le stragi, rinforzando il peso di Falcone e Borsellino. E dobbiamo considerare anche che in Sicilia avevano iniziato a collaborare i capi storici di Cosa Nostra, non solo dei semplici soldati.

In Calabria noi avevamo solo venticinque collaboratori di giustizia, in Sicilia se ne contavano duecento e in Campania trecentocinquanta.

Se oggi si ricelebrasse il processo Scopelliti, con l'attuale procura e l'attuale corte d'Appello, finirebbero comunque tutti assolti?

Bisogna entrare dentro la testa del magistrato giudicante e requirente. Può anche essere che noi non siamo riusciti fino in fondo a provare la bontà delle nostre tesi. Sta di fatto che basta leggere le due sentenze per vedere la differenza culturale sul tema probatorio che è palesemente a favore della prima. Ma è ovvio che il mio giudizio in questo caso è di parte.

In ogni caso però sono stato anche presidente della corte d'Assise di Palmi, che nel giugno del 1986 indicava la 'ndrangheta, in 2650 pagine di sentenza, come un'organizzazione unitaria verticistica e di tipo federale. Anche se poi quel processo fu annullato perché al Csm non era pervenuta la notifica che avrei presieduto io quel processo.

Con quale coraggio mi chiedo ancora oggi un maxiprocesso veniva meno e doveva ricominciare dal primo grado, solo perché non c'era una comunicazione formale e quando l'incarico mi era stato dato – e si sapeva – dal presidente della corte di Appello di Catanzaro, il dottor Blasco.

La storia ci racconta poi che si impiegarono dieci lunghi anni per rifare quel processo a Palmi, e soltanto nel 1996 si continuò ad affermare che la 'ndrangheta era un'organizzazione unitaria.

Davanti alla prova, piccoli e grandi magistrati si pongono da sempre in maniera diversa...

Pensare che proprio in quel processo, quello contro i Piromalli, la pubblica accusa in Cassazione la tenne Scopelliti, se non ricordo male.

Scopelliti era la punta di diamante della Procura generale della Cassazione. Scopelliti per noi era «il pubblico ministero» di quel momento storico. Un vero e proprio esempio.

Poi si fece a gara a dimenticare. E devo dire che anche lì Reggio e la Calabria, non fecero una bella figura. Tutto potevo pensare, tranne che una vicenda privata avesse potuto dar spazio a quella drammatica conclusione della sua vita. La pochezza di certi giudizi e di un certo ambiente provinciale di quel momento storico fece pensare questo...

Però purtroppo non furono solo ambienti provinciali. Lo sa bene anche lei...

Questa parte di quella vicenda è la parte umanamente più amara e assolutamente non digeribile. Io mi sentii male allora e mi sento male ancora adesso. Ho come una reazione fisica simile alla nausea. Questa era la sensibilità di certi ambienti e, perfino, di certi nostri colleghi...

Pare che anche Gianni De Gennaro, allora capo della Criminalpol, quando raggiunse Lauro al carcere dell'Aia gli

avrebbe chiesto: «Ma è vero che Scopelliti è stato ucciso per donne?».
Se Lauro narra e ricorda questo mi auguro che non abbia capito bene, perché anche questa non sarebbe una pagina digeribile.

Lauro venne ritenuto un personaggio di estrema intelligenza, portato a colorire le sue vicende e il suo ruolo all'interno della 'ndrangheta. Sta di fatto che è una persona che parla correttamente in italiano ed era stato segretario presso le case popolari dove anche noi magistrati lavoravamo per l'assegnazione degli alloggi.

STRANE COINCIDENZE

Giacomo Lauro è stato arrestato nel 1997 per una circostanza che personalmente non sono riuscito a chiarire come sia andata a finire...
Posso chiarirla io. Lauro viene arrestato e portato in carcere a poche settimane dall'inizio del dibattimento del procedimento Olimpia, nel quale era di certo uno dei tre collaboratori più importanti.

Viene comunque in aula e decide di collaborare consapevole di ciò che gli sta accadendo intorno.

Ma perché viene arrestato?
Lauro aveva chiesto e ottenuto dagli organismi competenti il saldo economico per la collaborazione offerta e aveva deciso di impiegarlo, d'accordo con il Servizio Centrale di Protezione, per avviare un'attività. Decise di costruire un immobile ma entrò in rotta di collisione con l'appaltatore, un privato. E, per un'ipotesi di reato non più grave della truffa, ai danni dell'appaltatore, viene tratto in arresto.

Viene per mesi sottoposto a indagini pressanti dalla Procura di Roma e, dopo una serie di verifiche numerose e lunghissime, verrà assolto.

E lui dovette partecipare al processo Olimpia con questa spada di Damocle addosso ma continuò a collaborare, perché è un personaggio che comprese il gioco che qualcuno stava facendo sulla sua pelle.

Bisogna poi ricordare che uno degli errori di quel momento fu che ai pentiti venivano liquidate grosse somme di denaro, sia in Sicilia, che in Calabria e in Campania.

Lauro subì quel trattamento, perché era ritenuto il pericolo numero uno dagli imputati del procedimento Olimpia. Un processo che noi alla fine celebreremo pertanto senza il defunto notaio Marrapodi, che aveva dichiarato che uno dei palazzi più discussi di Reggio era quello di giustizia, e con un collaboratore come Lauro, che nel frattempo era stato sottoposto a un'ingiusta detenzione.

A proposito di Lauro. Nel processo in Appello per l'omicidio Scopelliti non fu riascoltato, e con lui neanche Filippo Barreca. Come mai?
Sono scelte dei pm e dei giudicanti che fecero quel processo. Io a Lauro non avrei rinunciato mai, come non avrei mai rinunciato a Gaetano Costa. Ma questo è il potere che hanno i magistrati nel momento in cui viene loro affidato un processo.

Certo che è un puzzle molto originale: Lauro arrestato poco prima dell'Appello, Barreca che viene lasciato solo in aeroporto a Reggio, altri pentiti che arrivavano a essere interrogati alla spicciolata e in alcuni casi senza scorte...
Ma ci sono anche altre storie... collaboratori che non vengono più sentiti, e tante altre cose. Evidentemente il «pentitismo» era un fenomeno da avvilire prima e seppellire dopo.

Era ritenuta una vergogna che si costruissero i processi con le dichiarazioni di questi «lestofanti», di questi truffatori, di questi ex mafiosi... Insomma, i preti non possono parlare del papato.

I pentiti l'unico sciopero della storia lo proclamano nel processo Scopelliti di primo grado...
Era un processo che riguardava un vertice siciliano che ancora faceva paura. Perché era un vertice che uccideva veramente. E che non intimidiva, perché era guidato da un Riina che fu fermato da quella stessa Cosa Nostra, che non ne potette più di quel sangue e di quel terrore inutile. Riina che non mancò a una sola udienza nel processo Scopelliti a Reggio Calabria.

C'è l'episodio dello show di Totò Riina davanti ai cronisti al processo di primo grado...
Era il 24 maggio del 1995 e mentre l'udienza era sospesa alcuni giornalisti vennero a dirmi: «C'è Riina che continua a parlare solo con alcuni di noi, vuole fare delle dichiarazioni, non riteniamo giusto che parli solo con una testata giornalistica...».

Io pensai, se Riina, «Capo dei Capi», ha qualcosa da dire «non solo vi faccio parlare, ma vi prego di andare ad ascoltarlo».

Ero contento, perché spesso i mafiosi quando parlano si tradiscono da soli. «Il mafioso è quello *ca' a parola giusta na' dici mai*», dicono da sempre gli uomini di Cosa Nostra.

E in quella occasione Riina, dopo la parte folkloristica, disse chiaramente che non era ammissibile un sistema carcerario con il 41 bis e che questa misura continuava a esserci a causa di uomini come Violante e Caselli.

Detto questo, appena sentita questa frase, invitai Riina ad accomodarsi. Qual era la mia tesi? Pensavo in verità di aver reso un ulteriore servizio allo Stato democratico, perché i mafiosi conviene sempre farli parlare. E lo sostenni anche davanti agli ispettori, che mi avrebbero dovuto ringraziare: «Ditelo al ministro, perché adesso con quello che ha detto Riina, certamente nessuno penserà di cancellare il 41 bis dal nostro ordinamento. Voi adesso avete la possibilità non di confermarlo, ma di tramutarlo in una legge dello Stato». Se non la vuole Riina una cosa, lo Stato la fa e la rende definitiva.

In conclusione pensavo che dovessero mandare almeno quattro parole di ringraziamento per l'intelligenza dimostrata da un magistrato che, anziché andare a prendere un caffè, era rimasto in aula facendo conoscere a tutto il Paese quello che veramente temeva il Capo dei Capi di Cosa Nostra. Al contrario venni sottoposto a procedimento disciplinare e poi assolto.

Restiamo sul processo in corte d'Assise. 1994. Finalmente si celebra il primo troncone processuale per l'omicidio del giudice Scopelliti. Riina Salvatore + 13. Ci fu un altro fatto strano...

Ormai, per un mio modo di fare, cerco di leggere il meno possibile e ragionare un po' di più. Il fatto storicamente imbarazzante – e che non posso non rilevare – fu che il processo Scopelliti, quello contro Riina e la cupola siciliana, venne rinviato a nuovo ruolo, per un fatto atipico, poiché un giorno prima che iniziasse la requisitoria, venne tratto in arresto il presidente della corte d'Assise di Reggio Calabria, dott. Foti. In buona sostanza, il processo fu celebrato due volte.

Il processo durò quindi troppo. Pensate a due Corti, e soprattutto a dover rifare tutto, perché con l'arresto del presidente il primo processo è come se non ci fosse mai stato.

Il gip di Messina aveva emesso il mandato di cattura proprio il giorno prima che iniziasse la requisitoria. Il dottor Foti venne quindi arrestato, processato per associazione mafiosa con il casato dei De Stefano e poi assolto dal Tribunale di Messina.

Si trattava delle accuse mossegli da Marrapodi?

Il contesto probatorio era basato su dichiarazioni accusatorie fornite dal notaio Marrapodi e da altri collaboratori.

Mi fotografa un momento, su tutti, di quelli che più la colpirono di quel processo?
La cosa che mi colpì di più fu la testimonianza più pregnante del processo, quella resa al Procuratore generale (della Suprema corte di Cassazione, il giudice Sgroi, *NdA*), il quale disse «chi» era Scopelliti, cosa rappresentava in quell'ufficio, come era considerato dai colleghi.

Si comprese perché Cosa Nostra uccide quelle persone che possono rappresentare, per la loro indipendenza, l'onestà, la correttezza, qualcosa di veramente pericoloso.

Non vi nascondo che quando venne emesso il verdetto di condanna, con il fratello del collega finimmo tutti in lacrime.

UN DELITTO «COMPARTIMENTATO»

Cosa diceva la sentenza di quel processo?
Era una sentenza basata su una serie di elementi indiziari, ma gli indizi sono prove. Anzi, ancor più della prova dichiarativa, quando sono logicamente collegati, portano a delle verità incontestabili.

A nostro avviso quindi era chiara la responsabilità in qualità di mandante della Commissione di Cosa Nostra, ed era dunque doverosa la sentenza di condanna.

E il versante calabrese?
Noi non ci volevamo certamente fermare lì, anche se ci fosse stata sentenza di condanna definitiva per «i siciliani».

Noi volevamo andare a colpire anche il versante calabrese. Anche se non abbiamo mai avuto una dichiarazione che fosse una su chi avesse sparato. Perché se avessimo avuto un solo nome saremmo risaliti alla famiglia che aveva dato i suoi uomini per l'esecuzione. E da quella famiglia saremmo risaliti ai mandanti calabresi del delitto.

Non lo posso dimostrare, ma l'omicidio Scopelliti fu a mio avviso uno di quei delitti che io definisco tra i più «compartimentati» della storia mafiosa di sempre. L'esecutore conosce solo il grado intermedio ma non il grado superiore. Il capo non parla con l'esecutore. In mezzo c'è una figura mediana che organizza tutto. Anche per l'omicidio Fortugno è stato così.

Noi volevamo capire chi avesse dato l'ordine. Soltanto qualcuno dei Condello e qualcuno dei De Stefano dovrebbero conoscere la verità dei fatti. Come venne materialmente organizzato e realizzato quel delitto.

Poi però l'assoluzione in Appello è arrivata...
L'ho saputo quando ero in ufficio. Dirigevo ancora la distrettuale antimafia. Ricordo che ho preso tutte le carte che avevo e le ho gettate contro la porta. Fu una reazione d'impulso.

Ci fu la sconfessione calabrese di un teorema che in Sicilia ha continuato a essere valido per le corti siciliane, testimoniato in altre decine di sentenze. Il teorema Buscetta in Calabria è crollato, in Sicilia no.

Dirò di più. Olimpia secondo me è stato un processo importantissimo. Ebbene, alla luce dei fatti, avrei preferito che crollasse Olimpia, perché le diciannove cosche avremmo potuto farle condannare certamente in altri processi.

E anche in questo senso sono stato sconfessato, perché se il processo Ligato è arrivato a conclusione positiva solo sul lato mafioso, il processo Scopelliti è proprio venuto meno.

Lo dissi anche allo zio di Rosanna. Per un magistrato i processi non sono tutti uguali, perché il processo che riguarda la morte di un collega per me è «il processo».

Posso dirlo, ora che non sono più giudice. Mi vergogno ancora tanto di quella sentenza. Come di altre, ma non allo stesso modo di quella. Però io non sono persona terza in questa dolorosa vicenda.

GIOCHI DI SOCIETÀ

A distanza di anni possiamo dire che in Calabria si rischiava di far venir meno anche la memoria del giudice...
Non c'è mai stata attenzione reale sul caso Scopelliti a Reggio Calabria. Almeno io sostengo che non c'è mai stata.

Perché?
Io ho già fatto un collegamento pericoloso: Ligato-Scopelliti. Ora provo a tracciare un triangolo. Nello stesso periodo storico viene arrestato e collabora con la giustizia il notaio Pietro Marrapodi, che racconta di quel sistema criminale di cui abbiamo parlato prima, un sistema criminale integrato che, a dire di Marrapodi, a Reggio Calabria non risparmiava alcun palazzo. E non ha fatto in tempo a testimoniare in un pubblico processo queste sue accuse.

E questo cosa vuol dire?
Il procedimento Scopelliti può essere riaperto, a mio avviso, in qualunque momento. Non è necessaria nessuna prova nuova e non è necessario nessun fatto nuovo anche se in Italia esiste il principio del *ne bis in idem*. Nessun imputato può essere infatti processato due volte quando vi è sentenza definitiva di assoluzione.

Ma a Reggio Calabria non abbiamo ancora rinviato a giudizio e fatto condannare alcun responsabile della 'ndrangheta calabrese, che comunque ha avuto una parte determinante nel delitto.

Qualunque nuovo collaboratore, calabrese o siciliano, la magistratura requirente dovrebbe avvertire l'esigenza di interrogarlo su questo delitto ancora irrisolto.

Possiamo ben sperare anche per i prossimi cinquant'anni...
Se si avverte il senso della propria funzione, l'omicidio Scopelliti è uno di quelli per i quali la ricerca della verità va sempre inseguita. I magistrati faranno il loro dovere se sentiranno tutti gli attuali collaboratori di giustizia.

Avverto un nuovo interesse nei confronti di alcune vicende degli anni Novanta e non credo che l'omicidio Scopelliti sia meno importante rispetto a quello di Borsellino. Magistrati, entrambi impegnati nella stessa direzione.

Bisogna andare avanti e credere in certi valori che un giudice si porta dentro.

Per quanto mi riguarda, io l'ho fatto. L'ultimo collaboratore che ho interrogato è stato Paolo Iannò [ora pentito, «santista», già braccio destro del boss Pasquale Condello, *NdA*].

Iannò mi ha reso una dichiarazione estremamente interessante: «Dottore, se lo avessimo saputo lo avremmo detto per primi, perché per primi avremmo avuto una valutazione positiva delle nostre dichiarazioni e della nostra posizione».

E se un luogotenente mi assicura che questa cosa è passata tra poche mani, ciò ha una sua logica.

Procuratore, secondo lei la Calabria può farcela a vincere questa battaglia?
Siete voi calabresi, la Calabria di Scopelliti. Ma dovete cambiarla politicamente e socialmente, questa regione. E si può. Ma se noi andiamo a Milano e Torino e a Campo e Reggio Calabria restano solo quelli... Dovete riuscire a ripopolare questa regione che la mia generazione ha contribuito a desertificare.

E poi c'è il problema della classe dirigente, che è la stessa da trent'anni a questa parte. Io porto sempre quest'esempio, di una politica che consente la costruzione di due autostrade sulla costa tirrenica e lascia isolata quella costa ionica che ha le spiagge più belle d'Italia. Perché si continua a mantenere segreta, irraggiungibile, quella nostra ricchezza?

La mafia l'ha capito. E cosa ha fatto? Ha detto: voi, compari, costruite da quella parte tutto quello che vi pare, Centro siderurgico, Porto, Ponte... Noi poveri ionici diventeremo ricchi commerciando droga in tutto il mondo.

Credo che la 'ndrangheta abbia capito e si sta muovendo non da sola verso la ricchezza. La Calabria degli onesti deve ripopolare e cambiare questa realtà. Adesso tocca a voi, la strada è aperta e non vi resta che percorrerla con coraggio e dignità.

Indice dei nomi

Sommario

Finito di stampare nel novembre 2010 presso
lo Stabilimento NSM, Gruppo Pozzoni - Cles (TN)

Printed in Italy

RCS Libri

ISBN 978-88-17-04389-2